官商鬥法
第二輯
之9
葫蘆裏的藥
炮
相

目錄
CONTENTS

第一章

一箭之仇

傅華笑了笑說：「你們是老對手了，大家能玩出什麼把戲來都是門兒清的，你趕緊想辦法看怎麼能拿下這個項目吧。」

丁益恨恨地說：「這次我不會再給束濤有什麼漏洞鑽了，我一定要幫中天集團報上次的一箭之仇。」

晚上，莫克自己搭計程車去了約定的酒樓，到那兒的時候，束濤已經在大廳等著了。

莫克和束濤雖然沒什麼往來，卻是在別的場合見過面，所以都認識彼此。

見面之後，莫克跟束濤握了握手，說：「有什麼話進包廂說吧。」

束濤點點頭，就在前面引路，帶莫克進了包廂。

進了包廂後，莫克看了看束濤，說：「束董啊，你爲了舊城改造項目，可真是無孔不入啊？」

束濤笑了笑說：「莫書記，我是一個商人，商人嘛，就是要想盡辦法賺錢啊。」

莫克冷笑一聲，說：「賺錢無可厚非，但是老想一些歪門邪道就不地道了。你爲了打通我老婆這個管道，費了不少心思吧？」

束濤笑了笑說：「也沒有，朱科長跟我是朋友，她幫我向莫書記提起這個項目，也是幫朋友的忙。」

莫可說：「別說得這麼冠冕堂皇了，你跟她交朋友完全是別有用心的。行了，我也不想跟你爭執這些了，有幾件事我想跟你落實一下。」

束濤笑笑說：「莫書記請說。」

莫克說：「你費這麼大勁打通了我老婆的關係，看來對舊城改造項目是志在必得，想必你很多方面都考慮過了。那你告訴我，你想要怎麼拿下這個項目？」

東濤愣了一下，說：「莫書記，這個嘛，我們是有競標方案的，不過我沒想到您今天會問起這個，所以事先沒有準備。要不，我把熟悉情況的相關人員找來跟您說？」

莫克搖搖頭，說：「東董啊，不是你沒準備，而是你根本就沒往這方面去想，你是不是光想著反正靠我幫你們搞定這個項目就行了？叫我說你什麼好呢，你們已經失敗過一次，就沒檢討一下失敗的原因嗎？上次你們失敗的原因，就是你們把希望都寄託在張琳身上，根本就沒認真的拿出一個好的方案出來。所以張琳不靈光了，你們也就失敗了。這一次你又想把希望寄託在我身上，我跟你說，如果你們想完全靠我來幫你拿下這個項目，那你還是趁早打消這個念頭吧。如果你們拿不出一個好的方案來，我會第一個反對你們的。」

東濤尷尬的說：「那莫書記您的意思是？」

莫克指點他：「我不管你們怎麼做，請專家也好，去偷去搶也好，總之，你們一定要拿出一個能服眾的方案來，這樣到時候我爲你們說話，腰桿也硬朗些。我看上次中天集團提出來的方案就很不錯，你們可以參考一下。」

東濤點了點頭，說：「我明白您的意思了，我會做好這方面的工作的。」

莫克接著又說：「第二點，你覺得這次會有哪幾個公司加入競爭？」

東濤想了想說：「現在看來，中天集團應該不會來了，天和房產的丁江可能還不會死心，說不定會來參與，不過少了中天集團，他們的實力不足，應該搆不成威脅。」
莫克說：「那其他公司呢？」
束濤說：「其他的公司應該都沒這個實力。」
莫克說：「反正你要儘量把對手的情況摸清楚，做到知己知彼，知道嗎？」
束濤點了點頭，說：「這個工作不用莫書記說，我也會去做的。」
莫克說：「第三，你這次應該還是跟孟森合作是吧？」
束濤回說：「是啊，孟森和我已經對這個項目投入很大了，我們會繼續合作的。」
莫克提醒說：「你們合作我不反對，但是，你也知道孟森是什麼人，我希望你能約束好他，別再鬧什麼事情出來了，再有什麼意外的事，我們都會被他害死的。」
束濤說：「這個我可以做到，孟森的夜總會已經是停業狀態，我想不會再有類似的麻煩了。」
莫克說：「反正你管好他就是了。」
束濤說：「行，我會管好他的。」
莫克說：「最後一件事，我們見面的事，你不准跟任何人講，包括孟森。記住，我們從來沒有因爲舊城改造項目聯繫過。這個你能做到嗎？」
束濤保證說：「我明白您的意思，我能做到。」

莫克警告說：「你最好是能做到，我告訴你，如果被我聽到你或者孟森，跟人說這件事情與我有關，我絕不會對你們客氣的。」

束濤拍拍胸脯說：「您就放心吧，這件事情只有您和我兩個人知道，我絕對不會對其他人講的。」

莫克最後又說：「今後有什麼事情，你就跟我老婆聯繫吧，他會把你的意思轉達給我的。說到底，是我老婆要幫你們這個忙的，是她答應你們的，知道嗎？」

束濤明白莫克這是要做一道防火牆了，如果這件事被揭發出來，莫克就會說事情都是朱欣搞出來的，是朱欣借用他的名義搞的；這樣子就算要追究責任，也只能追究到朱欣，而不會追究到莫克身上。

束濤很上道地說：「我知道，這件事是朱科長因爲朋友關係幫我們城邑集團的，與莫書記沒有關係。」

莫克看束濤明白了利害關係，便點點頭，雖然這只不過是一種掩耳盜鈴的把戲，但是讓他心裏多少有了些安全感。

第二天，莫克回到市委上班，先跟班子裏的其他成員見了面，把在北京的培訓內容講了一下，又瞭解了一下他不在海川期間發生的事情，算是開了一個小型的例行會議。

會議結束後，莫克喊住要回市政府的金達，讓金達跟他去辦公室，說有事要跟金達聊一下。

金達跟莫克去了辦公室，莫克笑著說：「金達同志啊，有件事我想跟你瞭解一下。」

金達看了看莫克，說：「什麼事啊，莫書記？」

莫克笑笑說：「是關於海川的舊城改造問題。我聽到下面有些同志議論，說我們海川，別的地方都建設得挺好的，唯獨在市中心留了那麼一塊破爛的老城區在那兒，有點像美女臉上的一塊汙跡，要多難看就有多難看。」

金達尷尬地說：「是啊，那個地方我們早就打算改造了，您也知道，我們已經搞過一次招標，可惜流標了，所以項目就停在那裏了。」

莫克說：「這件事情我聽說了，金達同志，你對這個項目是怎麼看的？」

金達看了莫克一眼，心中猜測莫克提起這個話題，一定是對這個項目有些什麼想法，便笑笑說：「項目流標之後，這個問題就被擱置了下來，我還沒認真的思考過後續要怎麼做。莫書記，您問起這個，是不是對這個項目有什麼想法？」

莫克笑說：「我是有點想法，我覺得我們不能老把問題放在那不聞不問，不能因爲流標了，就不去碰這個問題了，還是應該把這個項目趕緊啓動起來，要不然老百姓都會罵我們這些領導無能的。」

金達說：「是啊，老百姓期盼那裏改造已經盼了很多年了，再不趕快進行，真的會罵我們的。」

莫克說：「你的意思，是也贊成重新啓動這個項目的投標了？」

金達點點頭說：「我贊成。」

莫克滿意地說：「那我們是英雄所見略同了。我看到原來的市委書記張琳同志也對這個項目十分重視，還專門成立了領導小組，親自擔任組長。我認爲這個設置是很合理的，表示了市委和市政府對這個項目的充分重視。金達同志，你認爲呢？」

金達聽到這兒，才意識到今天莫克找他談舊城改造這些話題是有備而來的，莫克的意思很可能就是想取代張琳，掌控改造項目領導小組。

當初張琳成立這個小組的時候，金達是很有意見的，他認爲張琳是越權把手伸到市政府裏去了。爲此，金達和張琳還發生衝突，兩人鬧得很不愉快。

此刻，莫克似乎想把這個本該屬於市政府的事攬過去，金達心裏本能的就有些反感。但是此刻面對莫克，他不能反對已經經過常委會通過的事情，要想解散這個小組，除非莫克主動提出對這個小組的質疑。

但是從剛才莫克的談話中可以聽出來，莫克已經明確的表態他是贊同這個小組的，金達也就沒有反對的空間了。

雖然滿心的不願意，金達還是笑了笑說：「我贊同您的意見，這個小組確實是體現了市委市政府對舊城改造的重視。」

莫可高興地笑了，這一切都在他的預料之中，金達既然也沒有異議，那啓動這個舊城改造項目就沒什麼問題了。

金達從莫克的辦公室離開，回到市政府，孫守義找了過來。他是來跟金達請假的，說很久沒回家了，想請假回家看看老婆孩子。金達想想最近也沒什麼要緊的事，就同意了。

看金達答應了，孫守義便說：「那我就把手頭的工作處理一下，這個週末就回家。誒市長，我看你的臉色有點難看，是不是市委那位又給你找什麼麻煩了？」

金達笑說：「也沒找什麼麻煩，莫書記把我留下來，是跟我說他想重新啓動舊城改造項目的競標，老孫啊，我們海川市這下又要熱鬧起來了。」

舊城改造工程是眾所周知的一塊肥肉，重新啓動，一定會引來很多覬覦的人，金達知道他和孫守義這些重要的領導都會被人盯上，所以才說海川又要熱鬧起來了。

孫守義不以爲然地說：「重新啓動，怎麼個重新啓動法？」

金達說：「莫書記說原來的領導小組設置的很好，體現了市委和市政府對這個項目的重視，問我怎麼看？」

孫守義好奇地問：「您是怎麼答覆他的？」

金達無奈地說：「我還能怎麼答覆他？當然只能贊同了。」

孫守義笑笑說：「這個莫克終於耐不住寂寞，開始插手經濟事務了。」

金達說：「他要插手我們也沒辦法啊，這個領導小組是張琳時期就確定設立的，莫克現在不提議解散，我們也無法提議解散的。」

孫守義說：「問題是，現在能爭取這個項目的似乎只剩下城邑集團了，我看這次束濤恐怕是會得逞了。我聽說束濤和那位的老婆走得很近，恐怕兩人早就勾結起來了。」

金達冷笑說：「我一聽莫書記跟我提起舊城改造項目重新啟動的事，就猜到一定是束濤找過他了。哎，這世界上沒有無緣無故的愛。」

孫守義說：「那您打算怎麼辦？就這麼任由那位爲所欲爲？」

金達莫可奈何地說：「我也不能做什麼，這個舊城改造項目也不能總停在那裏，我們又沒有更好的公司或方案能解決這個項目，莫書記要搞，就讓他搞去吧。」

孫守義心想，自從張琳被調走，金達的做事態度就有了很大的變化，可以很明顯感覺出來金達對任何事都更容易妥協了，便忍不住說：

「市長，您也知道這個改造項目對海川市很重要，如果出什麼紕漏，很可能會釀成極大的事件，束濤和孟森這倆傢伙明顯不是善類，想要不出事我看很難啊。您這麼放任那位，可是有點不負責任啊！」

金達苦笑了一下，說：「老孫啊，現在的情形你比我更清楚，我手頭沒有可以制約那位的武器啊，我不放任又能怎麼樣？算了，反正這件事是由領導小組來主控，出了問題，由領導小組負責就好了。」

金達的話，聽在孫守義耳裏，有兩種解讀的意思：一是金達明知無望阻止莫克，索性放棄，不去管這件事；另一種可能，就是明知道束濤和孟森可能會出事，卻放任這種結果發生，反正出事負責任的是莫克，而不是他金達。

如果是後一種可能，金達的態度就很耐人尋味了，是不是他就在等著看莫克出事呢？

在一天後的常委會上，莫克便把重新啓動舊城改造項目的事提了出來，並說由他接替調走的張琳，出任改造領導小組的組長。

講完，莫克問金達對他的提議有沒有什麼意見，金達自然是表示同意。副書記于捷看金達表示了贊同，就也表示同意。於是常委會上正式決定重新啓動舊城改造項目的招標，並由莫克出任領導小組的組長，親自抓這個項目的相關事宜。

這個消息馬上就在海川傳開，一些人又開始蠢蠢欲動，其中自然也包括天和房產的總經理丁益。

天和房產上次聯手中天集團爭取這個項目失敗之後，業績一直沒什麼起色。原本還想等中天集團拿下海川重機後，他們可以參與海川重機那塊土地的開發，沒想到海川重機的工人們一再鬧事，重組一拖再拖，遙遙無期，眼見是指望不上了。

對這些，丁益看在眼裏，急在心中。他的父親丁江已經是半退休狀態，公司交在他手中，如果做不出成績來，他無法跟丁江交代。因而舊城改造項目要重新啓動的消息一傳出來，他的心馬上就開始活動了。

原本天和和中天集團本來就做過這個項目的改造方案，現在他只要把這個方案重新拿出來，稍作修改，排除掉中天集團的部分，就可以參加競標了。

現在的關鍵是，海川市政府對這次競標究竟是一種什麼樣的態度，會不會又像上次一樣，內定給某家公司？這個必須先搞明白。

於是丁益撥了電話給傅華，想請傅華幫忙打聽一下市裏面現在的態度。

傅華一接電話，丁益就開門見山地說：「傅哥，你知不知道市裏面準備重新啓動舊城改造項目了？」

傅華笑說：「我知道啊，怎麼，又心動了？」

丁益說：「當然啊，這麼大的項目，誰會不心動啊？」

傅華聽了，說：「可是心動你也得吃得下啊，這次中天集團顯然是不會參與了，你們天和一家能吃得下這麼大的項目嗎？」

丁益笑笑說：「我們一家吃不下，可以找別人合作啊。」

傅華說：「你找誰啊，難道你準備跟束濤的城邑集團聯合嗎？」

丁益笑說：「那當然是不可能的，就算我想，束濤那傢伙也不會幹啊。海川並不是只有城邑集團一家大公司，我可以找別人啊。」

傅華好奇地說：「誰啊？在我的印象中，海川搞房地產的，就屬你們天和和城邑集團算是數一數二的，其他的都不成氣候。」

丁益笑笑說：「你忘了還有一家公司，山祥地產。」

山祥地產是伍弈當時依託山祥礦業所成立的地產開發公司，當時伍弈就是因為想跟鄭勝一較長短，結果被鄭勝找人給撞死的。

失去了伍弈，山祥地產和山祥礦業都沉寂了下去，這些年，傅華很少聽到這兩家公司的消息，只知道伍弈死後，他的家族產業都由他的兒子接手。

傅華遲疑了一下，說：「你是說伍弈的山祥地產？這家公司現在怎麼樣了，他們有實力參與這個項目嗎？」

丁益說：「這家公司現在發展的還不錯，雖然伍弈不在了，但是他們公司的實力還在。現在這家地產公司是由伍弈的小兒子伍權在打理。你知道，伍權跟我關係不錯，當初伍弈會找你，就是我跟伍權喝酒時，把天和上市的事跟他說了的緣故。」

傅華回憶起過往，笑說：「這事我倒沒忘記。」

丁益說：「我想我能說動伍權跟我們共同爭取這個項目，山祥地產雖然在業界沒太大的影響力，但是山祥礦業可是有雄厚的資金，實力方面是沒問題的。」

傅華說：「既然這樣，你就出手爭取吧。」

丁益遲疑了一下，說：「不過傅哥，有件事我想請你幫我個忙。」

傅華問：「什麼事啊？」

丁益說：「你能不能幫我打聽一下，金市長對這次招標有沒有明確的意向啊？是不是已經內定了？如果他們已經內定了是哪一家，我就不去費這個勁了。」

傅華想了想說：「應該沒有吧？」

丁益不放心地說：「這很難說的，你還是幫我問一下吧。」

傅華說：「問一下是可以，不過，這次項目的領導小組組長是莫克，不是金市長，問了恐怕也是白問。」

丁益說：「我知道是由莫克主導，不過莫克給我的印象很古板，不太好打交道，我跟他扯不上關係，你還是幫我問問金達吧。金達也是領導小組的成員，一定知道一些內部消息的。」

傅華就答應了下來，於是他打給金達，把丁益想要參與改造項目的意思說了。

金達聽完，立即說：「你告訴他，這次就別參與了吧。」

傅華愣了一下，說：「市長，這次該不會又內定給某家公司了吧？」

金達說：「我沒有這麼說，但這次是莫書記極力重新啓動這個項目的，對這個項目他一定有什麼想法，我認爲丁益參與進去不會有好處的。」

傅華爲難地說：「可是丁益對這個項目很感興趣，如果市裏沒有內定給誰，他們很想參與。」

金達語重心長地說：「參與不是不可以，只是讓他不要抱太大的希望，有人說，莫克的老婆跟束濤最近走得很近，恐怕莫克跟束濤之間早就有默契了。傅華，你別看莫克這個人外表一副很講原則的樣子，真正內心想的是什麼，你很難搞清楚的。」

傅華說：「這倒也是，就像這次他來北京，對我們駐京辦的工作似乎很滿意，還特別表揚了我們，但私底下卻打聽我有沒有經常出入娛樂場所，真不知道他究竟想幹什麼。」

金達愣了一下，說：「什麼娛樂場所啊？你怎麼知道他在打聽你？」

傅華說：「是北京一家很有名，叫鼎福的俱樂部，莫書記的朋友是這家俱樂部的老闆娘，她跟我也是朋友，便把莫克私下打聽我的事告訴我。」

金達聽了，忍不住說：「傅華，你倒挺逍遙自在的啊，跟俱樂部的老闆娘都做起了朋友了。」

傅華叫屈說：「市長，莫書記誤會我也就罷了，您也誤會我就不應該了吧？我也是因爲你們安排給我的工作才去那家俱樂部的啊！是湯言經常出入那裏，我才跟著去的。」

金達說：「該不會是你在鼎福俱樂部表現的太張揚，所以莫克才對你有所懷疑的？」

傅華想了想說：「沒有啊，我什麼時候是那種張揚的人了？」

金達開始沉思起來，傅華的業務除了莫克到北京外，跟他並沒什麼交集。莫克還針對他，可能的原因只有一個，那就是因爲傅華明顯是他金達的人馬，想藉打擊傅華來對付他。

金達心裏不由得一驚，沒想到莫克的心機居然這麼深，竟把主意打到傅華身上。幸好傅華交遊廣闊，跟這個老闆娘是好朋友，不然，他被人給整了都還蒙在鼓裏呢。

金達暗自惱火，莫克來海川之後，各方面他都很維護莫克，也做了很大的妥協。他覺得夠委屈求全的了，沒想到莫克還是處處在算計他。真是一隻養不馴的白眼狼，以後真要小心提防他才行。

金達嘆了口氣，說：「傅華啊，我想以你的頭腦，你也該想到莫克爲什麼這麼做了。我只能說你自己要多注意些，不要讓人有機可趁了。」

傅華聽出金達的語氣中有幾分無奈，知道金達現在的日子並不好過，便說：「我一定會十分小心的。市長，您在海川也要謹慎些，莫克這個人並不好對付。」

金達笑笑說：「我心中有數。誒，傅華，我認真的想了一下，天和房產如果真的有心要參與這個項目，就讓他們去爭取吧，反正現在都還是未定之數，也許他們真有機會呢。」

金達突然改變了主意，是因爲他意識到，對付莫克光妥協是不夠的，你越妥協，他就越覺得他們這些人好耍弄。金達不想被莫克當成傻瓜，他覺得適當地給莫克一些還擊是必要的，否則這傢伙一定會得寸進尺。

只是要維持好表面的和諧，不要跟莫克公開衝突就是了，否則倒楣的還是自己。

傅華笑笑說：「丁益說，他想找山祥地產聯合爭取這個項目。」

金達聽了說：「他倒是找了一個有錢的主。你就這麼跟他說吧，只要他能拿出最優質的方案，政府這邊肯定是支持他的。」

金達這話看似說了等於沒說，如果能確定丁益拿出來的方案是最優質的方案，就算是莫克也不敢不支持。但問題的關鍵不在於方案的內容，而是由誰來決定哪個方案是最優秀的。

如果莫克已經心有所屬，作爲小組組長，一定會設法把他想要的那家公司的方案確定爲最優方案。

但是金達這句話細細琢磨，卻又很有意思，那就是，只要可能，金達和政府方面一定會盡力幫丁益爭取。這還是給丁益留了些許機會，到時候只要束濤拿不出好方案來，丁益的機會就來了。

傅華便笑笑說：「行，那我就這麼跟丁益說。」

金達掛了電話後，傅華便把金達的意思轉述給丁益。

丁益聽完，想了一會兒，說：「金市長這是什麼意思啊？他這是會支持我們嗎？」

傅華笑說：「不是這樣子，金市長是說，他會支持被評選出來最優良的方案。丁益，要不要參與你可要想清楚，我想你這次的對手還會是束濤和孟森，能不能戰勝他們，你自己心中要有數。」

丁益說：「這倒也是，除了束濤和孟森，沒有別人了。」

傅華笑了笑說：「你們是老對手了，也算是知己知彼，大家能玩出什麼把戲來都是門兒清的，你趕緊想辦法看怎麼能拿下這個項目吧。」

丁益恨恨地說：「我知道了，這次我不會再給束濤有什麼漏洞鑽了，我一定要幫中天集團報上次的一箭之仇。」

海川，城邑集團束濤辦公室。

束濤莫名其妙的連打了幾個噴嚏，他對孟森說：「真是邪門啊，是不是什麼人在背後念叨我呢？」

孟森笑說：「一定是了，現在海川要重新啓動舊城改造項目的消息，肯定已經傳出去了，大家都知道城邑集團一定是大熱門，那些想染指這個項目的人，肯定都會在背後議論你的。」

束濤說：「這倒是，海川能跟我爭的還真沒有幾個。這次丁江那個老傢伙沒有了中天集團的支持，一定不敢出來跟我搶了。其他的地產公司更不值一哂，就算出來跟我爭，也只能是陪榜的份。」

孟森笑笑說：「是啊，我想我們這次一定能將項目拿到手的。誒，朱欣那邊可有什麼消息透出來？」

束濤說：「當然有了，她要求我們一定要做出一份好的方案出來，也好讓莫書記能夠拿著方案說服其他人。」

束濤無法說出他跟莫克見過面，只好把莫克的意思轉成是朱欣的要求。

孟森點點頭說：「朱欣這個要求倒是說到重點了，上次我們就是敗在方案不好這上面，才只好含恨認輸的。」

束濤下定決心說：「是啊，這次我們絕對不能再在這上面失誤了，我決定去北京請最知名的設計團隊來設計方案，一定要拿出讓所有人眼前一亮的作品來，確保我們得標。要是再得不到的話，我們倆也不要在海川混了。」

北京，首都機場。

孫守義將行李遞給傅華，說：「傅華，又麻煩你了。」

傅華笑笑說：「孫副市長太客氣了，這本來就是我的工作嘛。話說您可真是有段時間沒回來了。」

孫守義嘆說：「沒辦法，市裏的事太多了，莫書記又搞了一個什麼作風整頓活動，越發走不開了。」

上車之後，孫守義說：「我聽市長說，丁益想要爭取舊城改造項目？」

傅華點點頭說：「是啊，您覺得他有機會嗎？」

孫守義說：「很難說，他如果夠聰明的話，應該是有機會的。」

傅華愣了一下，說：「怎麼樣才算是夠聰明啊？」

孫守義笑笑說：「聰明的人會摸清楚各方面人馬的脾性，尤其是關鍵人物的性格，然後有針對性的下手，讓事情順著自己的思路去發展。」

傅華沒太聽懂孫守義的意思，他又不好再追問下去，只好笑了笑，沒說什麼。

孫守義好像坐飛機也很累了，說完這句話，就閉上眼睛養神，沒再跟傅華說什麼。

傅華把孫守義送回家，沈佳已經在家裏等著他了。時間讓林姍姍的事逐漸淡出了他們夫妻的生活，兩人雖然沒有當初那麼和諧，但是也恢復了一些夫妻間該有的親暱，經歷過這些事，他們都明白他們之間早就緊密的聯繫在一起，很難分開了。

沈佳上下打量了一下孫守義，關心地說：「守義啊，我看你瘦了很多，是不是因為這次金達沒接上市委書記，讓你心裏很鬱悶啊？」

沈佳知道金達沒能如願，等於擋住了孫守義上升的路。

孫守義笑笑說：「也不完全是因為這個，主要是因為新來的市委書記莫克，呂紀不知道怎麼想的，搞了這麼個人來海川，成天搞一些突襲檢查，讓大家都很累。」

沈佳聽了，忍不住說：「聽你說的，好像你們這個市委書記一點都不大器啊？我在網路上看到他的新聞，那次被工人圍堵的事，他處理得很不得體，比起金達來，這傢伙差得太遠了。」

孫守義大發牢騷說：「他哪有金達的水準啊？那天被圍堵的時候，我還勸他不要動用武警，這傢伙根本就不聽我的，才把事件鬧大了，搞得我們市政府很被動。不過這傢伙雖然無能，運氣卻很好，官大一級壓死人，我們對他也只能乾瞪眼，沒法子。」

沈佳不禁替丈夫抱不平，說：「守義，你如果覺得在海川幹得不愉快，乾脆離開算了，回北京，或者是換個地方。你如果覺得跟趙老不好開這個口，回頭我來替你說。」

孫守義笑說：「暫時我還沒有這個想法，我在海川剛熟悉，開始要融入那裏了，再換一個地方，還要重走一遍這些過程，沒什麼意義。再說，目前我和金達配合的不錯，沒必要非要調開不可。你可別去跟趙老講，講了的話，他會認爲我一點小挫折都受不起的。」

沈佳順從地說：「你不想我講，那我就不講啦。誒，莫克這個樣子，金達能受得了他嗎？」

孫守義笑笑說：「這你就小看金達了，他對莫克這個樣子倒好像很能接受，很多地方都擺出一副唯莫克是從的態度。」

沈佳納悶說：「這可有點不像金達的作風，原本他跟張琳不是很對立的嗎？怎麼這個莫克來了，他的身段就變得這麼柔軟了呢？」

孫守義說：「我想他是從張琳身上吸取了教訓，知道一二把手之間最好不要把矛盾給公開化。這次雖然省委調走了張琳，但是真正受傷最大的卻是金達，等於他又要在市長位置上蹉跎幾年，他一定不想再重蹈這個慘痛的經驗，所以改變作風也是很自然的啦。」

沈佳笑笑說：「這倒是，金達耽擱了這幾年，等於是錯失了黃金時間，將來頂多能熬到副省級就得退休，想做到更高的層次很難了。」

孫守義說：「不過也很難說，我看這個莫克的做事風格，不像是能在海川長待的樣子，有時候我懷疑，金達之所以那麼順從莫克，是不是也有等著看他犯錯的意思?!因爲根據現在局勢分析，只有莫克犯錯，才是對金達最有利的。」

沈佳笑說：「這確實是很難說，政治能改變一個人的心性，爲了爭一個位置，往往都是無所不用其極，如果金達真是這麼想，我也一點都不意外。」

第二章

真正的傻瓜

平庸者因為自身能力有限，更注重跟別人的合作；
而有卓越才能的人，反而容易恃才傲物，
莫克的毛病就是不懂得配合他人，這倒不是說他真有卓越的才能，他自覺有才更要命。
這種自以為聰明的人，往往是真正的傻瓜。

晚上，沈佳和孫守義去看趙老，趙老看到孫守義，十分高興。

趙老說：「小孫啊，金達沒接上市委書記，你沒覺得鬱悶吧？」

沈佳說：「老爺子，沒有，我和守義還說過起這個呢，守義覺得這也是形勢造成的，由不得誰，他只能接受。」

趙老笑笑說：「小孫，你能這麼想，說明你成熟了很多啊。我跟你說，以我這麼多年的從政經驗來看，很多時候往往你規劃的很好，卻常常不能如願，這就是所謂的人算不如天算，做官也是需要靠點運氣的。這一次是金達的運氣不好，連累了你。」

孫守義平靜地說：「也談不上連累不連累的，我跟他本來就是一體的，一榮俱榮，一損俱損。」

趙老滿意地說：「你這個心態不錯。官場上，有時候是需要一些靜氣的，越是在沒能如願的時候，越是要沉得住氣，千萬不能浮躁。一浮躁了，就可能要出錯的。」

孫守義點點頭，說：「我明白老爺子您的意思。」

趙老開導說：「你明白就好，其實，有些時候就算得到了某個位置也未必就是件好事。你的才能達不到，得到了那個位置也只能出乖露醜。前幾天，我碰到了郭奎，他跟我聊起了海川的班子安排，我聽得出來他對莫克的表現很不滿意，說原本他並不想用莫克做這個市委書記的，只因爲呂紀堅持，他才同意了這個人選。就像本來不嚴重的工人鬧事，結果鬧得罵聲一片，不但影響了市政府的形象，連帶著讓東海省也跟著丟人現眼。」

孫守義附和說：「是啊，老爺子，這個莫克做事確實是欠火候。上任之後，什麼事情做不了，除了跟我們這些領導班子成員鬥心機之外，就只會找下面人的麻煩。前些日子還差點鬧了一個大笑話出來呢。」

孫守義就將莫克被酒鬼騙了，差一點把酒鬼立爲模範的糗事說了出來。

趙老笑說：「這個莫克就是太急功近利，才會被人給騙了的。這件事金達處理得很好，小孫，這一點你要跟他學。」

沈佳說：「我也覺得現在的金達成熟了許多，對這個莫克很能忍讓。」

趙老笑說：「那是他吃一塹長一智了。其實，我估計郭奎會接受莫克這個人選，是有他的盤算的，他肯定還是想要金達來接任市委書記，現在只不過是找一個過渡性的人物暫時接手罷了，所以這個人也不能太出色，如果太精明能幹，金達短時間之內就沒有出頭的機會了。」

孫守義想想，也覺得很可能是這樣，便說：「這倒是很有可能。誒，老爺子，說到這裏，我還有一件事情要跟您報告。前些日子我意外的查到一件事，牽涉到東海省的孟副省長。」

孫守義把孟副省長跑去海川嫖妓，結果小姐猝死以及小姐的母親攔車喊冤的事講給了趙老聽。

趙老聽完，沉吟了一會兒說：「小孫，現在你的目標先不要放在孟森身上，還是多協助金達搞好海川經濟吧。這件事你不要再插手了，就算是公安查出什麼來，你都不要干預。」

孫守義點點頭說：「我知道我該怎麼做了。」

趙老分析說：「鄧子峰這個人我認識，他是個很有原則的人，也很有能力，他跟孟副省長不是一路的人，這兩人勢必會因爲爭奪對東海省政府的控制權而有一戰的。我想鄧子峰對這件事一定會留意，只因爲他新到東海不久，立足未穩，所以才隱忍著不去動這件事。這是東海本土勢力跟鄧子峰這個空降派之間的戰爭，你貿然參與的話，很可能不但得不到什麼便宜，反而會受到傷害。所以你還是不要去管了，專心做好你海川的工作就行。」

孫守義說：「我明白。謝謝老爺子您的指點。」

沈佳在一旁笑說：「是啊，守義，你真要好好感謝老爺子，幸好有老爺子在後面幫你把舵，才會讓你不走彎路的。」

趙老笑笑說：「行了，你們兩口子不用一唱一和的對我說好聽話啦。」

第二天，孫守義讓傅華陪他走了幾個部委，拜訪一些老朋友，爲海川市籌集資金，在北京馬不停蹄的跑了幾天，他的假期就結束了。這次他爲海川爭取了不少的資金和項目，算是滿載而歸。

孫守義前腳剛離開北京，後腳丁益和伍權就一起來了北京。

伍權的年紀看上去比丁益還年輕，輪廓上很像伍弈，卻沒有伍弈那種老練和霸氣，這大概也是他沒經歷過伍弈那種白手辛苦創業的緣故吧。

伍權跟傅華握了握手，說：「傅主任，我父親在的時候，常常在我和哥哥面前提起您，他說我們兄弟如果能有您一半的本事，他就燒高香了。」

傅華忙搖頭說：「你父親這話太誇張了，我可沒那麼厲害，山祥集團在你們兄弟手裏發展得很不錯啊。說起來，你父親真是一個很豪爽、很有本事的人，赤手空拳創下那麼大的家業，我也很佩服他，只是沒想到他遭遇橫禍，英年早逝，真是令人惋惜。」

寒暄了幾句後，傅華便將兩人讓到沙發上坐了下來，問丁益說：「丁益，你跟伍總這次一起到北京來，有什麼事情嗎？」

丁益說：「我跟伍權已經商量好了，準備聯手爭取舊城改造項目。我也把這個消息跟中天集團的林董講了，林董說上次是中天集團牽累了天和房產，才沒有爭取到項目，這次他雖然不能參加競標，但是願意在設計方案方面給我們提供無償的支援。這次我們來，就是來跟林董商量如何爭取舊城改造項目的。」

傅華不禁笑說：「轉來轉去，原來還是你們這些人在爭啊。」

丁益也笑笑說：「是啊，林董對城邑集團那幫人很有意見，他認為中天集團上次的醜聞，就是束濤搞的鬼，早想找機會報一箭之仇了。」

傅華說：「那我預祝你們成功了。」

丁益高興地說：「謝謝傅哥，這次我和伍權一定會全力以赴，把這個項目拿到手，不會讓束濤得逞的。」

「看來你們是志在必得啊，不過，光有一份好的方案似乎還沒辦法達到這個目的，我想束濤也一定會總結上次失敗的教訓，改正之前的錯誤的。」傅華提醒他說。

伍權點點頭說：「傅哥說的很對，據我們瞭解，束濤和孟森打算在北京請知名設計師為他們設計競標方案，所以他們的方案估計也不會很差的。」

「這就是了，人家也是會出新招的，那你們怎麼確保一定會得標呢？」傅華有點替他們擔心。

丁益說：「我們現在也沒辦法確保方案就一定會比束濤的好，就是盡力爭取罷了。」

傅華說：「說起這個，我倒想起一件事，前幾天孫守義副市長回北京，跟我談起你們爭取舊城改造項目的事，他說了些很耐人尋味的話，我想了半天也不知道他是什麼意思。」

丁益好奇地問道：「什麼話啊？」

傅華說：「他說，你們如果夠聰明的話，一定會有機會拿到項目的；還說聰明的人會摸清楚各方面人馬的脾性，尤其是關鍵人物的性格，然後有針對性的下手，就能讓事情順著自己的思路去發展。」

丁益和伍權面面相覷，兩人都是一頭霧水。

丁益苦笑說：「這個孫副市長說話怎麼這麼含糊啊，想了半天，我也沒明白他究竟是想說什麼。」

伍權也納悶地說：「是啊，我也想不透這其中的奧妙，這關鍵性的人物是指誰啊？他是想說讓我們去琢磨束濤和孟森這兩人的性格嗎？」

傅華分析說：「我覺得應該不是指這兩個人，這兩個人雖然是你們的對手，但是他們無法對項目招標起關鍵性的作用。」

丁益猜測說：「如果要對項目起關鍵性作用的，那只有項目領導小組了，難道孫副市長說的是莫克？」

傅華點點頭說：「我想應該是吧，只有牽涉到官方的人物，孫副市長才會不好點名直說的。」

丁益拍著大腿說：「我越想越覺得是這樣，孫副市長的意思一定是指莫克。這莫克是一種什麼個性呢？」

傅華笑笑說：「那你就要看他在公眾面前是怎麼表現的了。」

丁益的父親丁江原本也是官場中人，丁益從小耳濡目染，對官場上的一些事很敏感，對莫克來海川後的表現也有關注，便說道：

「據我看，莫克到海川之後，盡力表現的無非是兩條：清廉和原則，孫副市長是不是想要我們在這方面做文章啊？」

傅華心想孫守義的意思一定是指這個。

莫克既然極力標榜自己清廉自守，那在招標的過程中，莫克一定會強調公平公正公開的。從這方面入手，讓莫克在大眾面前無法接受對手的方案，這大概就是孫守義說的「有針對性的下手，就能讓事情順著自己的思路去發展」的意思吧？

丁益和伍權又一起去見了林董，林董和林姍姍一起出來接見他們。

林董問候說：「丁總，你父親最近身體還好吧？」

丁益回說：「挺好的，謝謝林董的關心。」

林董說：「說實在，我很羨慕你父親啊，能夠退下去享清福，我就不行了，姍姍雖然也能幫上我的忙，但終究還不能獨當一面，我還得撐住中天的局面啊。」

的。」

丁益趕忙安慰說：「林小姐只是還欠缺一點歷練，我相信假以時日，她一定能掌控局面的。」

林姍姍卻說：「其實我對做生意並不是很感興趣，現在是因爲爸爸需要我，我這個做女兒的不得不出來支持他。等中天熬過這段艱難時期，我還是想繼續過我的逍遙日子的。」

丁益又將伍權介紹給林董和林姍姍，林董問丁益說：「說說你的想法吧，你想怎麼去爭取舊城改造項目？」

丁益就說他想聯合伍權共同競標，這次來北京是想找一家有實力的設計公司，幫忙設計方案。

林董想了想說：「丁總啊，你這個忙我一定會幫的，但是，光有好的方案，並不一定就會得標。我可是領教過束濤做事的方式，這傢伙爲了達到目的可以不擇手段，要想贏，你必須多做一些準備。」

丁益點點頭說：「林董您說得對，我也覺得單單只有方案，恐怕很難勝過束濤。只是我也不知道該從什麼地方著手，您是前輩，還請您指點我一下。」

林董笑說：「指點談不上，不過，我思考了一下。說來這件事也算是折騰了很長時間了，我們和束濤彼此都是再熟悉不過，束濤肯定是該想到的地方都想到了，所以這次你想讓他犯什麼錯誤，好有機可乘，基本上是不可能的。」

丁益面色凝重地說：「是啊，據我瞭解，束濤他們也準備在北京請設計師爲他們設計方案，可見他這次也做了萬全的準備。」

林董聽了問說：「他們也準備在北京請人做方案？知道是那一家設計公司嗎？」

丁益搖搖頭說：「不知道，不過如果想知道的話，我有辦法弄到這家公司的名字。」

林董吩咐說：「那你就儘快把這家公司的名字給我弄來，我有用。」

丁益看了看林董，不解地說：「您想做什麼？」

林董笑笑說：「我也算是北京地產界的一分子，對這些設計公司的風格很清楚，如果知道了是哪家設計公司幫城邑集團做的方案，我也好針對這個幫你們做方案啊。」

丁益高興地說：「這倒是，還是您有經驗。回去之後，我馬上就找人打聽這家公司的名字。」

林董說：「你儘快搞清楚就是了。還有，我想過，束濤這次想贏的話，一定會活動你們海川市上層的關係，你們覺得他會找誰呢？」

丁益回說：「現在海川高層方面，能對這個競標起決定性作用的，基本上有兩個人，就是市委書記莫克和市長金達。金達對束濤的城邑集團向來沒什麼好感，束濤找金達的可能性幾乎爲零，所以如果他真的想活動高層的話，目標一定是市委書記莫克。」

林董問：「這個莫克是一個怎麼樣的人？」

丁益說：「表面上看似乎是個很講原則的人，來海川之後，做什麼都上綱上線的。」

林董笑了，說：「這一聽就知道一定是裝出來的，現在沒有官員真的是這樣子的啦。丁總啊，這一次你想不想拿到項目？」

丁益笑說：「看林董您這話說的，如果我不想，又怎麼會大老遠跑來北京請教您呢。」

林董又問了一次說：「真想？」

丁益點點頭說：「真的很想。」

林董說：「那有件事你就必須去做了，做了這件事，拿到項目的機率就能提升百分之五十。」

丁益疑惑的看看林董，說：「真的嗎？」

林董笑笑說：「真的，只是這件事情有點不入流，不知道丁總願不願意做？」

丁益遲疑了一下，說：「不會違法吧？」

林董笑說：「嚴格說起來不算是違法，算是遊走在法律邊緣的灰色地帶。」

丁益說：「只要不違法，我就做。您就說什麼事吧。」

林董這才說：「我相信束濤爲了求勝，一定會跟莫克或者莫克身邊的人有所接觸，所以我要你馬上就佈置親信的人死盯著束濤，看看他都接觸些什麼人，特別是接觸到莫克或者莫克身邊的人時，一定要想辦法留下照片做爲證據。」

丁益看了一眼伍權，伍權笑說：「沒問題，這件事情交給我去做好了。」

伍弈是黑白兩道都踩的人物，他的家族在這方面有不少人脈，伍權做這件事可說是輕而易舉。

伍權問林董說：「林董，您要我拍照片是沒問題的，只是我並不知道他們之間究竟談了什麼交易，這樣有用嗎？」

林董笑笑說：「這樣就足夠了，等你們拍到了，一定要馬上跟我說。」

伍權說：「沒問題，我會安排人二十四小時盯著束濤的。只要他們一有接觸，絕對逃不過我的眼線的。」

林董笑說：「那我們就好好合作這一把，讓束濤爲他所做的事付出慘重的代價。」

這時，林董臉上的笑容變得森冷起來，上回他被束濤整得元氣大傷，至今中天集團的業務還沒有恢復，他心中恨透了束濤。只是束濤遠在海川，他對束濤鞭長莫及，因此只能把恨意壓在心底。

林董心中暗道：束濤啊，上天送了機會過來，我這次不好好爲你布一個局，我林某人就太對不起你了。你等著吧，我會讓你好好見識一下我的手段的。

海川，束濤的辦公室。

孟森有些意外地說：「東董，我聽說天和房產這次對舊城改造項目還是不死心，還想參與競標啊。」

東濤冷笑說：「丁江那老鬼是糊塗了吧，天和房產現在的實力哪有資格競標啊？他想出來丟人現眼，我們也不能攔著他是吧？」

孟森搖搖頭說：「東董，你搞錯了，不是那老鬼要出來，是他兒子丁益要出來。」

東濤不以爲意地說：「丁益那兩把刷子更不夠瞧的，那傢伙沒什麼本事，靠的只是他老子的那點道行罷了。他老子我們尚且不怕，更何況是兒子呢？」

孟森卻說：「東董，你是不是太小看丁益了？丁江會將天和交到他手裏，雖說沒什麼大的突破，但是維持的也還不錯，他可不是扶不起的阿斗。再說，這次他不是一個人來跟我們鬥，我聽說他還聯合了伍弈的兒子伍權一起爭取這個項目呢。」

東濤神情這才嚴肅起來：「伍家也對這個項目感興趣？」

孟森擔心地說：「是啊，我聽說伍權和丁益到北京找中天集團姓林的去了，這次丁益可謂是來勢洶洶啊，我們必須要有所防備才行。」

東濤不屑地說：「孟董啊，你別瞎緊張了，你以爲伍家還是伍弈在時的伍家嗎？伍弈一死，他們家就再沒什麼了。中天集團那個姓林的，就更沒什麼好怕的了，他根本就是我的手下敗將，我就不信他能拿出什麼好主意來跟我們鬥。」

孟森卻沒那麼樂觀，他說：「話不能這麼說，我們可不能輕敵啊。伍弈死後，伍家是沉寂了一段時間，但是伍家的勢力還在，鄭勝只是搞死了伍弈，並沒有讓伍家傷筋動骨。這次丁益聯合伍權，就是看中伍權身後的經濟實力。再是，伍弈生前在海川可是黑白兩道都踩的人物，連我也不太敢去招惹他的。至於中天集團，我想姓林的心中一定恨死我們倆了，他會不會出什麼狠招對付我們，好報一箭之仇，也很難說啊。」

束濤仍不覺得有什麼，笑說：「孟董啊，我不是輕敵，而是你說的這些都不是重點，重點是我們已經跟莫克建立起良好的關係，這個才是我們拿到項目最好的保證。中天集團也好，伍家也好，他們能確保丁益拿到項目嗎？不能吧？但是莫克卻能幫我們拿到項目，這就是我不怕丁益的原因。」

孟森這才稍微放心了點，說：「這倒是。誒，束董，朱欣有沒有什麼新的消息啊？」

束濤搖搖頭，說：「沒有什麼新的消息，現在什麼都還沒啓動，我跟她見面也沒什麼用啊。」

孟森又說：「不過，束董，如果我們能把主意打到朱欣身上，是不是別人也會這麼想呢？你是不是跟朱欣見見面，提前打打預防針啊？」

束濤想了想說：「好吧，我會約她見個面的，有些事情再跟她敲定一下。」

於是束濤就約了朱欣在茶樓見面。

朱欣見到東濤，滿面喜色地說：「怎麼樣，東董，你的準備工作都做好了嗎？」

東濤笑笑說：「已經開始著手了。朱科長，我今天找你來，是有件事想跟你說。」

朱欣問：「什麼事情啊？」

東濤說：「我得到消息，天和房產和山祥地產兩家公司準備聯合競標，這兩家公司的實力都不俗，我擔心他們會通過關係找到莫書記。」

朱欣笑說：「這個你就不用擔心了，我跟你說，這次我們家老莫之所以能答應幫你們，完全是我在背後做的工作，他是很不情願的。別家公司如果找到他，我想他一定會給頂回去的。」

東濤提醒她說：「雖然是這樣，但是能出來爭取這個項目的，都不是小公司，爲了爭取到項目，肯定會無所不用其極，我覺得我們還是小心些比較好，別我們費了半天勁，卻被別人撿了便宜。」

朱欣想了想說：「你說的也有道理，我會跟我們家老莫說一下的，確保他不會答應別人。」

東濤滿意地說：「這樣就最好不過啦。」

晚上，莫克一回到家，朱欣就迎過來說：「今天東濤找我了。」

莫克瞅了朱欣一眼，沒好氣的說：「他找你幹嘛？」

朱欣說：「老莫，你別這個態度好不好？我這麼做也是爲了我們家好，將來束濤給了錢，難道我會一個人享受嗎？」

莫克冷笑說：「別把自己說的那麼偉大，就是你貪慕虛榮才逼著我這麼做的。行了，我懶得跟你囉嗦，你就說他找你幹什麼吧。」

朱欣說：「他說天和地產和山祥地產可能會聯合起來參與競標，要我跟你說一聲，小心這兩家公司搞鬼。」

莫克不禁抱怨說：「什麼搞不搞鬼的，束濤是擔心我被這兩家公司收買了，真是小人之心。行了，回頭你告訴他，讓他做好我讓他做的事，我就會讓他們得標的，別的他就不用操心了。」

朱欣說：「好，我會跟他說的。」

沒兩天，舊城改造項目領導小組就發佈了重新招標的公告，一場角逐正式拉開了序幕。城邑集團和天和地產都買了招標書，加入了戰局。

丁益和伍權從北京回來後，就開始著手佈局對付城邑集團。

丁益通過城邑集團內部的關係，很快弄到束濤在北京找的設計公司的名稱，就趕忙通知了林董。

林董聽了公司名字，笑笑說：「看來束濤還真是下了本錢了，這家公司在北京也算行內頂尖的，找他們設計，方案肯定錯不了。」

丁益一聽，心裏涼了半截，問道：「林董，既然這樣，那我們怎麼辦啊？我們是不是要找一家比這更好的公司來做方案啊？」

林董老神在在地說：「你不要慌，我心中已經有了對付束濤的主意了，這些都在我的預料之中。誒，我讓你們盯他的哨，有沒有什麼進展啊？」

丁益說：「進展是有一點，只是好像沒什麼用，我們在北京的時候，束濤曾經約了莫克的老婆朱欣見過面。」

林董說：「那有拍到兩人在一起的照片嗎？」

丁益懊惱地說：「並沒有很清楚兩人在一起談事情的照片，只是拍到兩人先後出入的情形。」

林董聽了說：「是有點不太理想，不過你也不用洩氣，把照片保存好，繼續跟下去，我相信他們還會再見面的。」

丁益說：「好，我會繼續的。那我們的設計方案怎麼辦？」

林董笑笑說：「這個你就放心交給我好了，到時候，我肯定交給你一份完美的方案就是了。」

丁益感激地說：「那就拜託您了。」

金達也在關注著舊城改造項目招標的進展，覬覦這個項目的公司並不止束濤和丁益兩家，還有別的公司也在打這個主意。有人托省裏的關係找到了金達，金達對此一概拒絕。理由是現成的，他說這是市委書記莫克親自抓的項目，他這個市長並沒有決定權。莫克書記又是一個很講原則的人，很討厭別人插手他主管領域的事，他也沒辦法幫人跟莫克打這個招呼。

莫克的作風在海川市早有傳聞，金達這麼說，倒也不是假話，因此這些人也就不好跟金達說什麼了。因而因爲莫克的關係，金達耳根子倒是清靜了不少，慢慢就少有人找他施壓，爭取舊城改造項目了。

金達把這件事當做笑話跟孫守義講，他說：「幸虧我們的莫書記親自兼任了領導小組的組長，有這樣一個門神擋在前面，讓我少了很多的麻煩。」

孫守義笑笑說：「我這邊也是啊，只要有領導來找我，我就說是莫克書記在管這件事，讓他們去找莫克書記，結果他們都不說話了。我看，以後我們市裏面如果再有什麼大的項目，都把莫書記請出來做領導小組的組長好了，一定會少很多來找我們說情的。」

金達說：「我猜莫書記肯定很願意做這個差事的。」

孫守義點頭說：「他一定求之不得呢。」

金達又說：「老孫，我看天和地產也買了標書，你覺得他們有戲嗎？」

孫守義說：「很難說，我聽說丁江並沒有親自出馬，所有的事情都交給丁益去打理，丁益找了山祥地產的伍權，兩個年輕人準備跟束濤放手一搏。正所謂初生牛犢不怕虎，這兩個年輕人也許能把這次看似沒什麼懸念的局給攪亂了也不一定呢。」

金達聽了，笑說：「有人出來攪局也不錯，省得這次的競拍沒什麼看點。」

孫守義有些幸災樂禍地說：「只是莫書記怕是就很難做了，我聽說兩家都下足了本錢，找來著名的設計公司設計方案，到時候，如果兩家公司拿出來的方案水準相當的話，莫書記一定會很頭痛該如何去評斷兩家公司方案的優劣。」

金達從孫守義語氣中明顯感受到他有種想看莫克笑話的意味，估計海川市很多領導都跟孫守義想法是一樣的。

莫克做的許多事都很不得人心，尤其是老想顯示他這個市委書記很有水準，比其他同志的水準都高，這其實是犯了政壇大忌的。

這種標新立異，鶴立雞群的官員，雖然能名噪一時，但往往過了這個時間點之後，就會很快沉寂下來。根本原因就在於整個官場實際上是一部大的官僚機器，在這個機器裏，更受歡迎的是平庸者，而非才能卓越的人。

平庸者因爲自身能力有限，往往更注重跟別人的合作；而有卓越才能的人，反而容易恃才傲物，不太容易跟別人合作。偏偏官僚機器要想運作良好，就必須機器各個零件之間能夠很好地配合，於是平庸者受到了歡迎，而才能卓越的人必然受到排擠。

莫克所犯的毛病就是不懂得配合他人，這倒不是說他真有卓越的才能，他自覺有才，這更要命。這種自以爲聰明的人，往往是真正的傻瓜。

就像這次舊城改造項目招標，莫克大概看到了裏面的利益很有誘惑力，所以才會插手把項目拿過去。但是他忽略了這個項目的複雜性，需要很高的政治智慧才能處理好。

聰明人都知道，越是有誘惑力的利益後面，往往越是蘊藏著極大的風險，這絕非一個初來乍到的人能掌控得了的。

金達擔心將來莫克不好收場，這也是他願意讓丁益參與進來的原因之一。

丁家在海川地產界算是聲譽卓著，有丁江在後面把舵，天和參與舊城改造項目就不會太失分寸。必要的時候，金達準備支持丁益，當然，這種支持是要在不跟莫克直接衝突的前提之下。

對莫克有這種擔心的人並不止金達一個，省委書記呂紀也不放心，於是他把金達找了去。

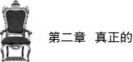

金達匆忙趕到呂紀的辦公室。

「呂書記，您找我有事啊？」

呂紀說：「秀才，聽說你們市裏面重新啓動了舊城改造項目了？」

金達點點頭說：「是啊，莫克書記說這個項目不能老是擱置下去，就提出要重新啓動招標，還親自出任領導小組的組長呢。」

呂紀說：「秀才，你對此看法如何？」

金達打著官腔說：「我當然是支持莫克書記的。」

呂紀責備道：「別在我面前說這種官話，這個項目本來應該是市政府方面管轄的，你爲什麼不出任這個小組的組長啊？」

金達無奈地說：「莫書記自己要求出任，我沒辦法阻止。」

呂紀一聽，眉頭就皺了起來，說：「這個莫克在搞什麼啊，這個項目牽涉許多層面，是相當複雜的。張琳這個前車之鑒還在，莫克應該引以爲戒才對。再說，秀才，莫克新到海川不久，還不熟悉情況，但你應該清楚這裏面的利害關係，就算是他自己提出來，你也該把利害關係分析給他聽，讓他不要插手這件事的。」

金達一臉委屈地說：「這個領導小組是張琳同志主持成立的，他調離海川，這個小組並沒有解散。莫克書記說他要接任這個組長，我能怎麼說？我能跟他說你接任這個組長不合適嗎？」

呂紀點點頭，又問說：「這倒也是。莫克在省裏一直是搞政策研究的，經濟方面的事務接觸的並不多，你知不知道他爲什麼會突然對這個項目感興趣了？是不是什麼人跟他有了什麼接觸？」

金達語帶保留地說：「這我就不知道了。」

呂紀看著金達的眼睛，說：「秀才，你真的不知道？什麼風聲都沒聽到嗎？」

金達搖搖頭，如果回答有，對莫克就是很嚴重的指控了，那他必須提出確鑿的證據才行，所以連忙否認。

呂紀誘導地說：「秀才啊，任何事都一定是有前因後果的，莫克突然重新啓動這個項目，絕不會一點原因都沒有，一定是心中有了某種想法才會這麼做的。海川就那麼點大，你不會一點風聲都聽不到吧。你放心，今天我們是私下談話，你就大膽的說你聽到了什麼，就算是聽錯了也無所謂，我不會說你什麼，也不會把你的話流出去的。」

金達爲難地說：「您這是讓我風聞奏事啊。」

風聞奏事是古代的一種檢舉制度，據說是宋仁宗發明的，也就是諫官可以根據道聽塗說來參奏大臣。

呂紀笑笑說：「意思是那個意思，不過我可不是什麼皇帝。秀才啊，你就當跟朋友聊天好了，說吧，你都聽到了什麼。」

金達只好老實地說了。

「我聽說，有人看到城邑集團的束濤最近跟莫書記的夫人常有往來。不過呂書記，我可先聲明啊，我只是聽別人說的，並沒有親眼見到過。」

呂紀眉頭皺了起來，說：「既然有這種說法，那就不會完全是空穴來風。這個城邑集團是不是原來張琳支持的那家公司？」

金達點點頭說：「是啊，就是他們。」

呂紀不禁搖頭說：「這個莫克，我真不明白他腦子裏在想些什麼，張琳已經在束濤身上吃過虧了，他還不醒醒腦子，硬往上湊。」

聽呂紀指責莫克，金達不好說什麼，只能站在一邊聽著。

呂紀看了看金達，說：「秀才，你也是這個領導小組的成員吧？」

金達點了點頭，說：「是啊，我是副組長。」

呂紀說：「那我交代個任務給你，你把莫克在這個項目有關的事情隨時彙報給我。」

金達很不願意做這種監視同事的工作，便爲難地說：「呂書記，這好嗎？我可從來沒做過這種事啊。」

呂紀正色說：「這沒什麼好不好的，我這麼要求你，也是爲了對同志負責，我不希望

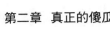

我們的同志走向腐敗的深淵。」

金達可以理解呂紀的心情，莫克是他推薦接任海川市委書記的，如果莫克犯了錯誤，他這個省委書記的聲譽也會受影響。因此呂紀要他及時彙報莫克的動向，也算是一種無奈之舉。

金達只好點點頭，說：「好吧，呂書記，我會隨時向您彙報的。」

呂紀這才滿意地說：「秀才啊，謝謝你了，你就多費點心吧。」

金達說：「呂書記，您可別這麼客氣，我會盡力想辦法不讓這件事出什麼差錯的。」

呂紀聽了說：「那就最好了。秀才啊，我現在才發覺，我確實是趕不上郭奎書記識人的眼光啊。當初我提出莫克這個人選的時候，郭書記就跟我說這個人不合適，現在看來，這個人確實是難當大任。他才去海川幾天，就搞了這麼多事出來，真是不讓我省心啊。今後你要給我打起精神來，該據理力爭時就據理力爭，別無原則的遷就他，知道嗎？」

金達趕緊點點頭說：「我明白了。」

第三章

葫蘆裏的藥

丁益苦笑著說：「中天的林董讓我們拍下東濤私下跟莫克的老婆朱欣見面的照片，
說實話，我到現在都不明白他葫蘆裏在賣什麼藥，你問我有幾分把握，
哎，這次我們恐怕只能陪公子讀書了。」

北京，中午時分，海川風味餐館。

傅華特地把方晶請過來吃海蟹。這算是一次沒有公開講明的感謝宴吧，方晶把莫克私下調查他的事告訴傅華，對傅華來說，是一次很善意的提醒，讓傅華得以對莫克有所警覺，也表明方晶拿他是當做朋友來看的。

對此，傅華不能沒有什麼表示，正好海川風味餐館剛來了一批新鮮的海蟹，於是就以這個名義把方晶邀請了來。

雅間裏，清蒸海蟹送了上來，傅華說：

「來，嘗一下我們海川風味的螃蟹。海蟹的風味與大閘蟹可是截然不同的，大閘蟹是香，而海蟹則是鮮。」

方晶笑笑說：「傅華，謝謝你專門請我來品嘗。」

傅華說：「你太客氣了吧，要說謝，是我要感謝你才對，謝謝你提醒我莫書記的事。」

方晶聽了說：「好了，我們還是不要謝過來謝過去的了，挺沒意思的。」

傅華便說：「好，我們都不要提謝字了。來，我幫你選一隻母蟹。」

方晶說：「好啊，我一直搞不清楚母蟹公蟹怎麼分呢。」

傅華得意地說：「這你問我就對了，我是在海邊長大的，經常去海邊捉螃蟹，對螃蟹最熟悉不過了，你看這隻母蟹，最典型的特徵就是牠的肚臍是圓的。我剝開你看，這裏面有蟹籽。」

傅華將母蟹殼剝開，蟹蓋裏面滿滿的紅色蟹籽，方晶驚訝地說：「還真是啊，下次我也知道怎麼選母蟹了。」

傅華將剝開的螃蟹放到方晶的盤中，笑笑說：「請品嘗。」

方晶笑說：「傅華，你還挺紳士的，是不是這樣才迷住了鄭董的女兒啊？」

傅華笑了起來，說：「其實沒有，我跟我老婆認識的時候，兩人還相互看不順眼呢。」

方晶很感興趣地說：「是嗎？究竟怎麼一回事啊？說給我聽聽。」

傅華笑說：「說起來話就長了，恐怕你沒這個耐心聽下去的。」

方晶說：「你錯了，我還真的很感興趣呢，我很想知道為什麼鄭董的女兒會選你，而不選湯言呢？反正我們今天有時間，你就說給我聽吧。」

傅華便笑了笑說：「好吧，我說。那個時候……」

聽傅華講完兩人相識時的趣事，方晶忍不住說：

「真看不出來，你這傢伙原來也挺跩的嘛，鄭董的女兒你都敢頂回去啊，湯言恐怕都沒這個膽量。」

傅華笑說：「那不同，湯言是愛之因而畏之，而我那個時候對她並沒有什麼感覺，只是覺得她很沒有禮貌。」

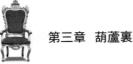

方晶笑笑說：「那後來呢？」

傅華說：「後來鄭老還真是在海川病倒了，我就在病床旁陪了鄭老一夜，那晚我們兩人聊了很多，發現我和她很聊得來，才對彼此有了好感。不過這種好感僅僅放在心中，並沒有點破。」

方晶說：「據我所知，你這時候是跟通匯集團的千金在一起，既然你們互有好感，這裏面有什麼緣故讓你們兩個沒有把好感發展成戀情啊？」

傅華說：「你可能不知道，我出身貧寒，剛來北京時，我除了是一個小小的駐京辦主任之外，基本上是一無所有。像鄭老這種家庭，對我來說是高不可攀的，她如果不跟我主動表示，我是不敢有什麼舉動的。」

方晶搖搖頭說：「這點我就不贊同了，傅華，你這是缺乏勇氣的表現，喜歡一個人，就要全力去爭取。我跟你一樣，也是出身貧寒，但是我喜歡上林鈞之後，我就勇敢地去告訴他，我要跟他在一起。」

傅華笑說：「這不一樣的，我不是說歧視女性，女人大多數是要依靠男人的，女人告訴男人說我喜歡你，我愛你，她不需要爲這個男人撐起一片天，可是男人不然，如果這個男人接受了女人的示愛，他就等於擔負起了照顧這個女人的責任。」

方晶聽傅華這麼說，呆住了。

她一直對林鈞爲了她收受賄賂，而對林鈞有些不滿，覺得林鈞並不知道她真的想要什麼。今天聽傅華這麼一說，她才理解，林鈞這麼做，根本上是這個男人深愛她的表現，這個男人想要爲她撐起一片天來，最後卻付出了生命作爲代價。

方晶苦澀地說：「傅華，你們男人真的認爲我們女人需要你們幫我們撐起這片天嗎？你們就把我們女人看得這麼沒用嗎？」

傅華說：「我不是這個意思，我不是說女人沒用，而是說男人如果沒有能力照顧好心愛的女人，他在女人面前是沒有自信的。方晶，你會喜歡一個在你面前沒有自信的男人嗎？」

方晶苦笑著說：「可是男人也不需要用經濟實力來衡量他對女人愛的程度啊？有些時候，一句溫柔的話，一朵鮮花，我們就會感覺很滿足了啊。」

傅華不禁笑說：「方晶啊，你不覺得你說這些話很不切實際嗎？愛這個字是很空泛的，每個人對愛都有自己的理解。鮮花、溫柔的話，這些真的能滿足你對愛的需求嗎？我不知道你的答案是什麼，但是在一個男人看來，這些恐怕是有前提的，只有先滿足了對物質的需求之後，鮮花才會看上去更漂亮，溫柔的話才會聽起來那麼悅耳。」

方晶想了想說：「我明白你的意思了，男人對愛的理解更多是物質上的，對嗎？」

傅華點點頭，說：「我認爲是這樣子的。」

方晶說：「如果真是這樣子，那有些東西對我來說，可能就是命中早就註定的了。」

傅華看了看方晶，說：「什麼意思？」

方晶有些自責地說：「傅華，我不怕你笑話，其實這些年，我心中一直對自己有怨恨，我總覺得是我沒讓林鈞知道我真正需要的是什麼。我要的是他對我的愛，是他陪伴在我身邊。我一直覺得，如果我把這些告訴林鈞，他也許就不會為了我鋌而走險了。但是今天聽你這麼說，我發覺我這個想法錯了，即使我把心中真正需要的告訴他，估計他還是一樣會那麼做的。你說，是不是這樣子啊？」

傅華說：「你想聽我真實的想法嗎？」

方晶點點頭，說：「你說吧，我已經經歷過這麼多事，一兩句話還受得起。」

傅華說：「如果我已經年近暮年，卻喜歡上一個比自己女兒年紀還小的女人，作為一個男人來說，不論這個女人跟我說些什麼，我都會不惜一切的去安排好這個女人的未來的。」

方晶苦笑了一下，說：「看來林鈞遇到我，真是宿命中的冤孽了。」

傅華搖搖頭說：「你也不用怪自己，他會做這些，都是他自己的決定，他不是沒有別的選擇，所以怪不得你的。」

方晶盯著傅華的眼睛，真誠的說：「傅華，謝謝你這麼安慰我，你讓我放下了心頭的一個重擔，這世界上，大多數人都把林鈞的死怪罪在我的身上，唯獨你能知道這件事的結果真的不是我想要的。」

傅華被方晶看得有些不好意思，趕忙換了話題，說：「快吃蟹吧，涼了就不好吃了。」

傅華說完，藉著去拿螃蟹的機會，閃開了方晶盯著他的眼神。

方晶笑說：「你不用這麼緊張，我沒想對你怎樣，只是拿你當知心朋友罷了。我想你應該能理解我的心情，我的境況跟你差不多，都是孤身一人在北京打拼。雖然每天身邊的朋友不斷，但是真正的知心朋友卻是少之又少，能卸下偽裝說說知心話的，就更是鳳毛麟角了，那種孤單的感覺真是很令人痛苦。」

傅華點頭同意說：「這種感覺我也曾經有過，在我跟小婷離婚時感受最明顯，後來我再婚，這種感覺才沒有了。所以方晶啊，這個時候你就需要找另一半了。」

方晶不禁失笑說：「找另一半？哪有這麼簡單啊，你以為我身邊也像你一樣，有一個鄭莉在等著我啊？」

傅華笑笑說：「以你的條件，肯定有大把的追求者的。」

方晶反駁說：「鄭莉當初也有大把的追求者，還有你的前妻趙婷，也是富家千金，追的人一籮筐，她們不是別的人都沒看上，唯獨看上了你嗎？這東西是講緣分的。好啦，我們不說這些沒用的，吃蟹。」

傅華笑說：「瞎聊了半天，都忘記主題了，好了，吃蟹。」

兩人就吃起螃蟹來了。

吃了一會兒，方晶說：「誒，傅華，你現在知道莫克爲什麼對你有意見了嗎？」

傅華搖搖頭，說：「我把我跟他接觸的前後經過想了好幾遍，還是沒想出來我到底什麼地方做的不對了。這個莫書記，真是令人捉摸不透啊。」

方晶說：「那人是有點怪怪的，不過，我在他面前還有點影響力，以後他如果真想對你不利，你可以跟我說一聲，我來幫你求情，相信應該就沒事了。」

傅華笑說：「你終於肯承認你對他有影響力了，我看他根本就是在迷戀你。」

方晶眼睛瞪圓了，生氣地說：「傅華，你又來了，不是說不講這些的嗎？我說願意幫你求情，是覺得你是我的朋友，不想讓你被他整了，你卻拿這個開我的玩笑，真是好心當驢肝肺。」

傅華看方晶似乎真的生氣了，便趕忙陪笑說：「對不起，我有點忘形了，好了，我跟你保證，下次絕對不拿這件事情開玩笑了。」

方晶嬌嗔說：「這還差不多。我是真的覺得你們這個市委書記很討厭，這個人給我的感覺太假了。如果不是討厭他的話，他幾次邀請我去你們海川投資，我早就去了。」

吃完飯之後，傅華將方晶送到樓下。方晶不忘說：「傅華，你們的海蟹真是很美味，下次再有這種新鮮貨，可不要忘了我啊。」

傅華笑說：「一定，一定。」

方晶就上車，發動了車子，向傅華揮了揮手，然後一踩油門開走了。

車子開出海川大廈。從後視鏡裏，方晶別有意味的看著傅華往大廈裏走的背影，心中不禁覺得：有些男人的好，是需要時間才能發現出來的，就像傅華，一開始不覺得他怎麼樣，甚至還覺得他很討厭；但是越接觸下來，越覺得這人很有意思。

時間一天天的過去，距離投標截止的日子越來越近，莫克開始覺得這次的投標有些不對勁了。

舊城改造項目應該算是一塊非常肥的肉，不然的話，束濤也不會絞盡腦汁地拼命去公關朱欣，想要把這個項目拿下來。

但是這樣一塊肥肉，竟然除了束濤之外，沒有第二家公司主動來向他這個小組組長打探，也沒有哪個領導爲了什麼公司跟他打招呼的，他這裏竟然出乎意料之外的平靜。

這種平靜簡直太反常了，這讓莫克警惕了起來。

他也算是在仕途打滾多年的人，知道往往越是平靜的時候，越是暗潮湧動，那些居心險惡的人不知道在背後設計什麼呢。

細想起來，莫克就更緊張了，他發現這次的事情似乎太過順利了，不論是金達，還是于捷，還有那個孫守義，在整個項目的重啓運作中，都沒有提出什麼反對意見，他說什麼，這幫人就同意什麼。這可跟以往這些人對這個項目的態度有很大的不同。

現在城邑集團和天和房產又再次加入戰局，按說金達和孫守義一定會有反應的，但是截至目前，兩人卻是偃旗息鼓，根本就沒做什麼動作，既沒有說要支持天和地產，也沒有說要狙擊城邑集團。

莫克心中揣測，金達和孫守義這樣是有兩種可能，一是他們不想再攪合到這件事情當中去，對這件事抱持一種放任的態度；另一種可能，就是他們心中早有定案，準備在最關鍵的時候拿出來一擊必殺，從而把項目搶過來。

莫克覺得第一種可能性不大，這個項目擁有這麼豐厚的利益，沒有人會不想分一杯羹的。如果金達和孫守義幫天和房產方面拿下這個項目，天和房產也一定會付給兩人豐厚的報酬的。

既然這樣，那就只剩下第二種可能了，那就是金達和孫守義已經準備好殺手鐧，準備在關鍵時候出手狙擊城邑集團，幫天和房產拿到項目。如果真是這樣，那問題可就麻煩了。

莫克心慌了起來，這次金達和孫守義如此反常，等於是發出了一個危險的信號，莫克覺得兩人在背後一定在策劃著什麼，他不能放任事態這麼發展下去，他決定試探一下金達的底牌是什麼。

莫克把金達叫到了辦公室，笑笑說：「金達同志，我想跟你談一下舊城改造項目招標的事。現在離截止日子越來越近，關於項目，你有沒有什麼想法啊？」

金達看了看莫克，說：「莫書記，您這是什麼意思？我不太明白啊。」

莫克笑笑說：「我是想問你心中有沒有想支持的方案，比方說，哪一家公司的方案你覺得最好？」

金達回說：「這我就不知道了，沒有一家公司私下跟我討論過投標方案，我想這些公司方案的優劣將來會有評標小組來進行評價的。」

莫克心裏暗罵金達狡猾，我就不信天和房產就沒去找過你?!你們不知道討論過多少遍競標方案了吧。

莫克故意說：「不會吧，你不是很支持天和房產的方案嗎？這次我看他們又來參加投標了。」

金達看了莫克一眼，心說：這傢伙是想試探我是不是支持天和房產，他大概覺得我早被天和收買了吧？哼！這傢伙以爲我和他是一路貨色呢。

金達笑笑說：「莫書記，您可能有些誤會了，上次我支持天和房產的方案，是因爲他們的方案是所有投標方案中最優秀的。我支持的是方案，不是公司。這次也是一樣，只要評標小組選出最優秀的方案來，我都會支持的。」

莫克心中有些疑惑，金達剛才的表態，似乎是在說他並沒有特別的立場，難道金達真的是抱持著聽之任之的態度嗎？還是另有什麼詭計？

不過，金達既然這麼表示了，莫克還是很高興的，這樣的話，只要他能讓評標小組選中城邑集團的方案，金達就不好提出什麼反對的話了。

莫克便笑了笑說：「金達同志，我們想到一起去了。我們本就是應該本著公正公開的原則，爲市民選出一個最優良的改造方案出來。我找你來，就是想跟你說，我們這些做領導幹部的，一定不要去干預評標小組，給他們一個自由的氛圍，從而評出最優良的方案。看來是我多慮了，原來你早就這麼想了。」

金達暗自好笑，莫克還真會裝蒜啊，如果你真的不去干預，束濤的城邑集團又怎麼得標啊？你找我來，明明是擔心我插手評標小組的評選，偏偏把話說得這麼好聽。

金達便說：「莫書記，您放心，我向您保證，我們市政府絕對不會干預評標小組的工作的。」

莫克假惺惺地說：「金達同志，我不是擔心你，而是現在的社會風氣你也知道，往往一個招標項目出來，很多隻手就會插進來。現在好了，你和我既然看法相同，那就共同努力，確保這次的招標工作乾淨公正吧。」

金達點點頭，說：「是，我們共同努力。」

晚上，莫克回到家中，朱欣正在看電視，他坐到朱欣旁邊，問說：「你這幾天有沒有跟束濤談過項目的事？」

朱欣說：「前幾天通過一次電話，怎麼了？」

莫克問：「那他有沒有說他們的方案做得怎麼樣了？」

朱欣說：「還在進行吧。」

莫克交代說：「那你跟他說，一定要把方案做到最好。今天我跟金達聊了一下，我看金達的意思，這次他似乎沒有明確的支持目標，只要束濤把方案做好，金達也不能反對他們的。」

朱欣說：「行，明天我會跟他說的。」

莫克又提醒說：「你跟他說，千萬別出什麼紕漏，否則就是我也幫不了他的。」

朱欣說：「我明白。」

莫克又說：「再是你讓束濤注意一下天和房產的情況，看看他們有沒有什麼異常的舉動，別被人算計了還不知道。這次有點反常，到現在還沒有哪個領導出面爲別的公司爭取這個項目，我們應該小心些才對。」

朱欣不以爲意地說：「你真奇怪，沒人出來爭取還不好嗎？這樣不是更方便把項目給城邑集團嗎？」

莫克瞪了朱欣一眼，說：「你個女人知道什麼啊？什麼都不懂，就知道撈錢！敢插手這個項目的公司哪一家的實力都是很強的，按常理說，應該有不少領導出面跟我說情才對，可是卻沒有，要不就是他們認爲沒辦法說動我，要不就是他們根本有辦法對付我了。你把這個情況跟束濤說一下，讓他摸一摸對方的底牌，最好是能做到有備無患。」

朱欣答應說：「行，我明天會提醒他的。」

第二天，朱欣便打電話約束濤在茶樓見面。

見到束濤後，朱欣便問道：「束董啊，你的準備工作做得怎麼樣了？」

束濤笑笑說：「基本上差不多了，北京方面說，方案這一兩天就能做出來了。」

朱欣說：「你這個方案行嗎？」

束濤拍拍胸脯說：「這個你就放心好了，我請的可是國內最頂尖的設計師，絕對沒問題的。」

朱欣說：「你最好是沒問題，我家老莫昨晚特地跟我說起這個方案的事，他說他試探過金達的態度，金達似乎沒有什麼特別的立場，所以他認爲只要你把方案做得好一點，再加上他的支持，金達應該不會反對的，基本上你們就可以得標了。」

束濤聽了，高興地說：「那太好了，回頭你幫我先謝謝莫書記，讓他幫我們操這麼多心，我都有些不好意思了。」

朱欣冷靜地說：「你先別急著高興，現在事情還沒最終確定下來呢。老莫說這次事情有點反常，要你小心些，特別是那家天和房產，我們家老莫說，讓你多注意一下他們的動向，別被他們算計了。」

束濤笑說：「莫書記做事還真是謹慎啊。」

朱欣嗤了聲說：「我覺得他是緊張過了頭了。」

束濤說：「莫書記這麼做也是對的，小心無大礙嘛。你回去跟莫書記說，我也在關注天和房產的動向，不過，這次天和房產好像已經黔驢技窮了，除了學我們也到北京找公司設計方案之外，就沒什麼其他的動作了。」

朱欣訝異地說：「他們也去北京找人設計方案了？那會不會比你們的方案好啊？」

束濤笑說：「不會的，我們的設計公司可是北京最厲害的，他們的設計一定趕不上我們的。」

朱欣點點頭說：「那我就放心了。」

朱欣又跟束濤聊了一會兒，就回去上班了。

她不知道有一雙眼睛始終在暗地盯著她跟束濤。一個小時後，她和束濤見面的照片就擺在丁益和伍權的面前了。

伍權拿起其中的一張照片，照片上，朱欣正在上計程車，在後面送她的人就是束濤。他笑著說：「費了這麼大勁，總算拍到他們出現在同一個畫面的鏡頭了。」

丁益嘆說：「是啊，這照片還真是來之不易啊，只是就算這樣也說明不了什麼啊，真不知道林董要拿這些照片幹什麼？」

伍權笑笑說：「肯定有用吧，我看那個林董做事很有一套，他絕對不會讓我們浪費時間做沒有意義的事的。」

丁益聳聳肩說：「管他呢，我們還是把照片的事跟林董說一下，現在也快到截標的時間了，我正好問一下我們的方案設計得如何了。」

丁益就撥了電話給林董，把拍到照片的事跟林董說。

林董聽了，笑笑說：「真不容易啊，總算拍到了。丁總，算上這一次，你總共拍到過幾次他們見面的照片？」

丁益想了想說：「三次吧，不過另外兩次只是拍到他們先後出入茶樓的照片，沒有這一次這麼明顯。」

林董笑笑說：「已經足夠了。」

丁益納悶地說：「林董，我真的不明白你讓我們拍這些照片幹什麼？」

林董說：「這些照片說明這兩個人見面了。」

丁益苦笑說：「見面也不代表什麼，我們沒辦法拿這些照片指控他們的。」

林董笑說：「你別急嘛，有沒有用，到時候你就明白了。你就相信我一回，好嗎？」

丁益只好說：「行，我相信你就是了。再是我們的方案設計得怎麼樣了？截標的時間快到了。」

林董說：「差不多了，這樣吧，你來北京一趟，我把方案給你們，你順便也把拍的照片帶給我，我要用。」

丁益說：「好，那我就跑一趟，不需要別的了吧？」

林董說：「不用，就把照片帶給我就好了。」

放下電話後，丁益和伍權兩人就訂了機票飛到了北京，還是住到海川大廈。

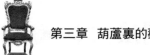

傅華見到丁益和伍權，關心地問道：「丁益，現在離截標可沒多少時間了，你有幾分把握能拿下這個項目啊？」

丁益苦笑著說：「中天的林董讓我們拍下束濤私下跟莫克的老婆朱欣見面的照片，說實話，我到現在都不明白他葫蘆裏在賣什麼藥，你問我有幾分把握，哎，這次我們恐怕只能陪公子讀書了。」

伍權也在一旁說道：「傅哥，我們倒是真的拍到了照片，只是這樣的照片一點證明不了什麼的，我和丁益都覺得沒什麼用。不知道林董要拿這個做什麼？」

丁益看了看傅華，說：「傅哥，你向來足智多謀，你知道林董是想用這個幹嘛嗎？」

傅華也想不出個所以然來，搖搖頭說：「我也猜不透啊。不過林董這個人並不是做事輕狂的人，他要你們這麼做，一定是有用意的。」

丁益說：「希望是這樣了，等會兒我和伍權就要去見他，看看他究竟想幹什麼。」

伍權說：「是啊，等下見了面，他總該把謎底告訴我們了吧。」

但是兩人把問題想得太簡單了，林董見到他們之後，便問他們照片拿來了嗎，丁益說：「拿來了。」

林董說：「那給我。」

丁益就把照片給了林董，林董接過去看了看，然後把照片扔進抽屜，鎖了起來。然後看著丁益和伍權說：「如果你們真的想得標的話，記住一點，你們從來沒見過這些照片，知道嗎？」

伍權和丁益互看了一眼，丁益說：「知道了，只是林董，到這時候，你該告訴我們你想怎麼用這些照片了吧？」

林董笑笑說：「別問了，謎底很快就會揭開的，到時候你們自然就明白這些照片是做什麼用的了，還是讓我先保持幾天的神秘吧。」

伍權和丁益就不好再追問下去了，只好把希望寄託在方案上。

丁益便說：「那林董，設計方案呢？」

林董說：「這個早已準備好了，你們可以把它帶回去了。不過我有一個條件，這個方案是精心設計出來的，除了你們倆人之外，我希望在開標前，你們不要把方案洩露給其他人看，包括你們身邊最親近的人。畢竟這是商業機密，如果洩露給了城邑集團，這次的競標很可能就會功虧一簣的。」

丁益點點頭，說：「您說的這個我十分贊同，我們這次能打聽到束濤的消息，也是因爲束濤身邊有我們的人，反過來，束濤也不是傻瓜，他一定也會收買我們身邊的人的。」

林董把方案拿了出來，交給丁益，丁益稍微看了一下，臉色就有些不太好看，他覺得林董好像是在糊弄他。

眼前這份方案雖然比第一份方案做了很多的改動，但是卻不是改得更好，反而是更差了。如果單純比較這兩份方案，丁益會選擇第一份方案，而不是眼前這份。單看內容，丁益就覺得他們已經輸了。

丁益不解地看著林董，說：「林董，我不明白爲什麼這份方案會比您上次做出來的那份還差，您應該知道束濤這次拿出來的方案，一定比我們上次的更優良，這麼一比，我們就已經輸了。」

林董卻說：「丁總啊，話不能這麼說，我們上次做出來的方案，你也知道爲什麼會做得那麼好，對吧？」

丁益點點頭說：「我當然知道啦，您是知道我們得標無望，所以才把條件做得那麼好，爲的是凸顯跟束濤方案的差距，那次我真的很佩服您的精明，不過這一次似乎……」

林董解釋說：「此一時彼一時，這次的形勢已經跟上次有了很大的不同。我們這次是真心要爭取這個項目，所以像上回那種賠本也要爭取項目的事情是不可能做了。你眼前的這個方案，是經過精準計算過的，確保了各方的利益，是我認爲最合理的方案。我相信海川市政府也一定會選擇這個方案的。」

丁益卻沒有林董的這份自信，他苦笑說：

「林董，我不知道您的信心是從哪裡來的，這回我們可沒有什麼人幫忙，束濤卻是已經得到莫克的支持。您讓我拿這樣一份差的方案出來參與競標，我們的勝算幾乎是零。要不，我們還是拿上次的方案出來競標吧？」

林董看了看丁益，說：「丁總啊，你相信我這個人嗎？」

丁益點點頭說：「林董您我當然信得過，不過……」

林董一揮手說：「不要什麼不過了，既然你相信我，那就按我說的去做就是了。」

丁益不好再說什麼，轉頭看了看伍權，伍權也跟丁益一樣，充滿了疑惑。

伍權便說：「林董，我和丁益都相信您不會拿這件事情開玩笑，但是我們都弄不明白您葫蘆裏究竟賣的是什麼藥。您能不能跟我們解釋一下啊？」

林董搖搖頭說：「我現在什麼都不能說，不過等到得標的時候，不用我解釋你們也會明白我爲什麼這樣做的。兩位，作爲商人，有些時候是需要一點決斷力的，反正方案我已經交給你們了，我不想跟你們解釋太多，按不按照我說的去做，就看你們自己了。」

丁益看了看伍權，說：「你說呢？」

伍權思索了一下，下定決心說：「這件事原本就是我們求林董幫忙的，現在林董已經幫我們做出了決定，我們沒有理由不相信他，我決定按照林董的安排去做。」

丁益知道已經到了最後關頭，在這個時候就算不相信林董，一時之間也難找出什麼更好的替代方案來，還不如大方的表示相信林董比較好，便也爽快地說：「既然這樣，我也決定照林董的部署去做。」

林董笑了笑說：「你們放心吧，這次我保證你們一定成功，你們就回去準備接收這個項目吧。」

既然已經做了決定，丁益只好說：「那我先謝謝林董了。」

林董說：「跟我別這麼客氣了。誒，你再把開標的日子跟我說一下，我記一下。」

丁益就把開標的日子告訴林董，林董把日期慎重的記在記事本裏，然後說：

「丁總，有件事我要叮囑你，如果這個開標日期有什麼變化，你一定要在第一時間通知我，這很重要。」

丁益點點頭說：「好的。」

丁益和伍權帶著方案回到駐京辦，收拾行李準備回海川。

傅華來送他們，看丁益一臉嚴肅的樣子，似乎並沒有從林董那裏得到什麼定心丸，便問道：「怎麼了丁益，怎麼一副苦瓜臉的樣子，沒從林董那裏拿到滿意的方案啊？」

丁益嘆了口氣說：「傅哥，別說了，我這次真是被林董給打敗了，他到現在還在跟我們玩神秘，究竟想幹什麼一點也不跟我們說。」

傅華笑了，說：「玄之又玄，眾妙之門，也許林董是覺得把你們蒙在鼓裏才能達到最佳效果吧？」

伍權苦笑著說：「反正我們倆是搞不明白啦，如果這次真的能得標，我一定會專程趕過來請傅哥吃飯的。」

傅華雖然也不知道林董究竟玩的是什麼花樣、會不會成功，但是此刻看丁益和伍權喪氣的樣子，他知道他不能再說什麼洩氣的話，需要給這兩個傢伙打打氣，便說：

「那我們就說定了，我可等著你們專程來北京請客啊。事先申明，這次一定要請最頂級的才行啊。」

丁益看了看傅華，說：「傅哥，你也覺得我們這一次有戲？」

傅華笑說：「肯定有戲啦，因爲我瞭解林董心中對束濤的想法，這回他一定會借機狠狠地打擊束濤的，所以你們就放心吧，他的計畫肯定能行的。」

丁益也知道林董恨束濤入骨，早就在想辦法報復束濤了，傅華這麼一說，他又開始對林董有了信心，便高興地說：「那傅哥就等著我和伍權來北京請客吧，放心，我們一定請你吃最頂級的餐廳的。」

第四章

信用黑戶

「大家有沒有想過，技術革新要靠什麼？要靠資金和人才。
資金，大家心裏都很清楚，現在四大銀行的行長一聽我提到海川重機四個字，就趕緊搖頭，
海川重機現在成了銀行的信用黑戶，根本就貸不出款來。」

海川，束濤辦公室。孟森和束濤正在聊著丁益和伍權去北京的事。

束濤有些困惑地說：「孟董，你確定丁益和伍權就是從林董那裏拿了方案就回來海川，沒幹別的？」

孟森說：「我的人盯著他們呢，他們到北京後，就住在海川大廈，然後去中天集團見了姓林的，再沒幹別的。」

束濤奇怪地說：「這次丁益這小子倒是很老實啊，沒做什麼小動作。」

孟森笑笑說：「也許這傢伙知道他們肯定贏不了，所以才會這麼老實吧？」

束濤也想不出別的解釋，就笑了笑說：「也許吧。」

孟森說：「是不是把這個情況也跟朱欣講一下？告訴她對方沒做什麼小動作，讓莫克安心的把項目給我們？」

束濤說：「行，我這就打電話給朱欣。」

束濤就打電話給朱欣，要她多注意天和房產。

朱欣聽了說：「我會把這情況跟我們家老莫說的。現在離截標的日子越來越近，我們就不要再見面了，讓人看到不好。有什麼急事，電話聯絡就好。」

束濤說：「朱科長說得對，我們是應該謹慎一些。」

當晚，朱欣便把束濤跟她說的情況跟莫克講，莫克聽了，雖然心中仍有些忐忑不安，卻也找不出還有什麼漏洞，就覺得他的不安，可能是因爲第一次做這種事沒有經驗，緊張造成的。

朱欣瞪了莫克一眼，罵說：「別那個熊樣了，慌張什麼，就怕別人不知道你沒本事嗎？人家比你拿更多的都沒慌張，你慌張個什麼勁啊。這件事你已經小心過來小心過去了，該想的都想到了，你就安心的把項目給束濤就行了，不會出什麼問題的。」

莫克反問道：「你敢打包票嗎？真要出了什麼問題，你可就害死我了。」

朱欣斥責說：「呸呸，烏鴉嘴，這時候說這種喪氣話，你這個男人怎麼就這麼硬不起來呢？放心，百分之百不會出什麼問題的。」

時間終於來到開標的日子，束濤一早起來，把裏外的衣服全都換成新的，還在內衣的口袋裏放上了從無言道長那裏特別求來的成功符。

無言道長說只要身上帶著這個成功符，束濤想要辦的事沒有不成功的。因此臨出門時，束濤還把手按在符上，誠心的念了幾遍無量天尊，祈求道家神靈們保佑他成功的話。

九點半，孟森趕來跟他會合，兩人一起趕往開標現場。兩人心情都很緊張，因此一路上都板著臉，沒說什麼。

到了開標現場，伍權和丁益已經到了，這兩人到這一刻知道能不能得標已成定局，做什麼都無法改變了，所以心情反而放鬆了下來，有說有笑的跟別的競標者聊得正熱絡。

丁益看束濤和孟森一起來，就拉了一下伍權，說：「你看要不要去跟這倆傢伙打個招呼啊？」

伍權笑笑說：「好啊，雖然我們是競爭對手，打個招呼顯得我們有風度些。」

兩人就朝束濤和孟森走了過去。遠遠地，丁益就招呼說：「束董和孟董來啦，看兩位紅光滿面的樣子，這次的項目是志在必得了？」

束濤也笑笑說：「丁總啊，你真是會開玩笑，你和伍總是後生可畏啊，有你和伍總出手，這次舊城改造項目恐怕沒我們的份了。」

伍權也客套地說：「束董真是太客氣了，薑還是老的辣，你和孟董是我們海川商界的前輩，你們聯手，自然是所向披靡的。實際上，我和丁益這次也就是貴在參與，是來跟兩位學經驗的。」

孟森打著哈哈說：「伍總可別這樣說，你們伍家也是海川商界的翹楚，當年你父親在的時候，我可是退避三舍的。」

四人就這麼互相吹捧了一會兒，然後各自找了位置坐了下來。

孟森對束濤說：「這兩傢伙倒是挺會說話的。神態還很鎮靜，挺沉得住氣的，比他們的老子強。」

東濤笑說：「八成他們是看競標無望，才會這麼輕鬆的。他們不像我們是白手起家，知道公司發展起來不容易；財富也是從父輩那裏得來的，不知道其中的艱辛，自然也就不會拿公司的成敗當回事了。」

孟森點點頭說：「這倒也是。」

說話間，莫克領著一干領導小組的成員走進了開標會場，開標儀式正式開始。

莫克先強調了舊城改造項目的重要性，又重申了招標的規則和注意事項，然後宣布開標。

工作人員展示了各投標方遞交的投標文件，又讓各方簽字，確認各投標方的投標文件密封完好，然後莫克宣布開始唱標。工作人員按照簽到的順序，一一宣布各投標方案的內容。

因爲丁益和伍權先簽到，他們的競標方案就被先宣布了，宣布完內容之後，並沒有引起各方的注意，這不過是一個很普通的內容罷了。

當唱標的工作人員唱完城邑集團的競標方案之後，在場的所有人，包括莫克、金達以及東濤、孟森、丁益、伍權，都被唱標人唱出來的方案給震驚了。

他們發現城邑集團和天和房產兩方提交的方案竟然驚人的類似，兩方的設計方案大致相同，只是城邑集團給出的條件似乎更優一點，看上去就好像是城邑集團是在天和房產提交的方案基礎上做出修改而成的。

明眼人一看就知道天和房產和城邑集團這兩家，肯定是有一家剽竊了對方的方案，因爲城邑集團的方案條件開得更好，從常理上判定，應該是城邑集團剽竊天和房產的方案。因爲不可能出現剽竊方比被剽竊方開出更差方案的可能。

台下的伍權和丁益面面相覷，這時候他們才明白爲什麼林董一直跟他們玩神秘，遲遲不肯告訴他們那麼做的原因。估計林董早就知道天和和城邑集團這兩份方案很類似，也許這根本就是林董一手搞出來的。

林董不想事先告訴他們，一來確實不好講出來，二來，估計林董也擔心講出來，丁益和伍權可能無法接受。

伍權貼著耳朵小聲的對丁益說：「林董這招玩得真是太損了，不過確實高明，我想這會場上的所有人，沒有人會認爲實際上是我們剽竊了城邑集團的方案的。」

丁益不敢笑出來，他知道只要他一笑出來，就可能被人懷疑這個局是他搞的鬼，不過他心裏卻是樂開了花，因爲他注意到束濤和孟森的臉色難看之極，簡直就像是大白天見了鬼一樣的慘白。

束濤和孟森確實是像大白天見鬼一樣的震驚，原本兩人對天和房產的方案還沒覺得什麼異樣，競標方案通常包括很多內容，誰有那個腦筋每一條都能記得住啊？

但是等他們自己的方案被唱出來的時候，他們才驚訝的發現兩家的方案竟然驚人的類似，就像是一個人做出來的一樣。

柬濤和孟森很清楚他們沒去抄襲天和房產的方案，那答案就很明顯了，一定是丁益和伍權事先做了什麼手腳。

不過柬濤和孟森是啞巴吃黃連，有苦說不出，他們總不能說天和抄襲他們，卻做出一個更差的方案吧？道理上說不通啊。

這倆個小王八蛋真是狡猾啊，肯定是故意做出一個比較差的方案來，好坐實是城邑集團抄襲他們的。

柬濤和孟森心情糟到了極點，腦子也亂成了一鍋粥，都想從對方那裏得到解決問題的辦法，可惜從對方臉上的表情說明，誰也沒什麼好辦法。只有看莫克如何處理這件事了。

主席臺上的莫克也很惱火，他猜測城邑集團一定是剽竊了天和房產的方案，這個柬濤真是愚蠢，你既然摸到了對方的底牌，爲什麼不參照對方的方案做出一個有明顯區別的方案來呢？你拿這些參與競標的人當傻瓜啊？

莫克掃視了一下臺下的人，大家都抬頭看著他，其中也包括已經面如土色的柬濤和孟森。

莫克爲難起來，如果指出城邑集團的方案有剽竊嫌疑，那就等於宣布城邑集團失去了這次競標的機會，這樣他要怎麼跟朱欣交代?!

不指出這一點吧，很多人看他的眼神已經說明了一切，如果他含糊而過，一定會被這些人視爲是包庇城邑集團。

莫克在腦海裏迅速的轉著，權衡了一下利害關係，他決定把抄襲這一點含糊過去。

他越想越覺得事有蹊蹺，束濤也算是老商場了，沒理由會犯這麼低級的錯誤。一定是天和房產和金達從中搞的鬼。不說別的，就看一旁的金達好像一副沒事的樣子，這傢伙可能早就知道今天會發生狀況了。

金達確實很鎮靜，不過不代表他心中不震驚，只是他在這件案子裏沒有什麼利益牽扯，因此自然比莫克超脫很多。

他也感覺這件事有蹊蹺，束濤沒有理由會犯這種錯誤，可是要說是丁益和伍權搞的鬼，似乎也說不通；而且在第一時間，金達特別注意了兩人的表情，他們臉上的那種震驚是裝不出來的。

真是奇了怪了，究竟搞鬼的是誰呢?金達困惑了。好在他不是小組負責人，不需要爲這件事做出什麼決定，下面就看莫克要怎麼處理這件事吧。

莫可據此在心中認定是金達在背後搞的鬼，他不想讓金達的陰謀得逞，心說金達啊，你千算萬算，就是沒算到競標的主導權始終在我手中，我就不去管剽竊這一塊，直接宣布進入評標階段，看你能拿我怎麼樣？

莫克分析過上次競標爲什麼會流標，他認爲主要原因就在於張琳過於瞻前顧後，猶豫不決，才會被金達的強勢給壓住。這次他絕不能再重蹈張琳的覆轍。

於是莫克不去看金達，清了清嗓子，就要準備宣布下面進入評標階段。

就在這時，他的秘書喬立拿著手機匆忙上了主席臺，走到他身後，在他耳邊低聲說：「莫書記，省委呂書記的電話，說是有急事，要你馬上接。」

莫克愣了一下，呂紀在這時候找他會有什麼事啊？

呂紀的電話他可不敢怠慢，趕忙把手機接了過去，笑笑說：「呂書記，您找我有什麼指示啊？」

呂紀說：「莫克同志，你現在在幹什麼？」

莫克心裏咯登一下，呂紀說話的語氣很差，似乎不太高興，他小心地說：「我正在舊城改造項目開標的現場，您有什麼事嗎？」

呂紀問說：「現在開標進行到哪一步了？」

莫克說：「已經唱完標，我正準備宣布進入評標階段。」

呂紀說：「那你就宣布進入評標階段，然後把會議馬上結束，評標結果以後再宣布。你和金達兩個給我立刻到省委來，我要聽你們對這次舊城改造項目競標的情況彙報。」

莫克呆住了，呂紀突然喊停開標會議，一定是發生了什麼重要的事。聯想到剛才出現的剽竊事件，莫克心中有了不祥的預感，看來對方的小動作不止於競標方案上面，一定還有後續動作。

莫克試探的問道：「呂書記，這會議開得好好的，爲什麼要停下來啊？是不是發生什麼事情了？」

呂紀惱火地說：「你問我發生了什麼事，我還想聽你解釋究竟發生了什麼事呢！別給我囉嗦了，你趕緊把會議停下來，馬上跟金達一起來我辦公室，我等著聽你們的解釋。」

莫克仍是一頭霧水，但是他聽出呂紀已經十分震怒，也不敢再繼續追問，只好回到座位上，對一旁的金達說：「金達同志，呂書記讓我們把會議停下來，然後叫我們倆去省城跟他彙報這次項目招標的情況。」

金達也愣住了，這次招標實在太過詭異，沒想到呂紀竟然會親自過問這件事，一定是發生什麼異常的情況。

金達看看莫克，說：「呂書記沒說是出了什麼事嗎？」

莫克搖搖頭說：「呂書記沒說，只說他在辦公室等我們去解釋呢。」

金達說：「那就趕緊按照呂書記的指示，宣布會議結束吧。」

莫克就宣布唱標完畢，進入評標階段，評標結果會在限定日期內公佈，開標會議到此結束，留下現場眾人一片嘩然。

宣布完，莫克和金達不敢稍作停留，上車就直奔省城。到呂紀辦公室已經是下午三點了，在路上，兩人也沒敢停下來吃飯，就饑腸轆轆的進了呂紀的辦公室。

呂紀看到兩人進門，臉上沒有任何表情，連個笑的意思都沒有，便知道這次呂紀真是很生氣了。

莫克趕緊陪笑說：「呂書記，我和金達同志遵照您的指示，趕來省城跟您彙報來了。」

呂紀瞅了莫克一眼，沒好氣地說：「等我批完公文再說。」

莫克不好說下去，呂紀也沒讓兩人坐下來等，呂紀和金達便只能尷尬的站在呂紀面前。

呂紀似乎是有意冷落莫克和金達兩人，沉著臉低著頭慢慢批閱公文。莫克和金達覺得整個辦公室的空氣都凝固了，讓他們倆快有窒息的感覺。

過了好長時間，呂紀才放下批閱公文的筆，看著莫克和金達說：「你們站在我面前幹什麼，豎電線桿子啊？」

莫克尷尬的說：「呂書記您沒說讓我們坐，我們那敢坐啊？」

呂紀冷笑一聲，說：「呵呵，你這會兒倒聽我的話啦，我不讓你做的事多了，你都沒做嗎？」

金達苦著臉說：「您把我們叫來，劈頭就訓了一通，我們真是有點丈二和尚摸不著頭腦，我們有什麼地方做錯了嗎？」

呂紀生氣地說：「金達，你們什麼地方做錯了，到現在還不知道嗎？」

金達搖搖頭說：「我真是不知道，您給我個提示？」

呂紀說：「金達啊，你這個市長怎麼這麼遲鈍啊？我提醒過你，要你多注意一下這次的招標，你給我注意了嗎？」

金達不明所以地說：「我對這次的招標已經很注意了，到目前為止，似乎沒有什麼異常啊？」

呂紀瞪了金達一眼，說：「真的沒有嗎？金達，你可別跟我玩這一套好人主義了。」

金達心裏開始打起鼓來，呂紀這麼說，一定是知道了什麼，他小心地說：「真要說有什麼異常，就是有兩家競標單位提交的方案很相似，好像是一家剽竊了另一家的方案，不過我們還沒有研究要怎麼處理這件事，您的電話就打來了。」

「什麼？」呂紀似乎還不知道這件事，便說：「莫克，你說一下，究竟怎麼一回事啊，什麼剽竊方案啊？」

莫克說：「是這樣的，呂書記，這次參加競標的，有兩家公司的方案很相似，一家是城邑集團，另一家是天和房產。他們的方案基本上是相同的，只是細節方面略微有些差異。」

呂紀說：「細節上有些差異？在什麼地方差異？」

莫克回說：「就是在提出的條件上多少有些差別。」

呂紀看著莫克，說：「莫克，依你看，是誰剽竊了誰的方案啊？」

莫克乾笑了一下說：「呂書記，這個我不好下這個結論。」

呂紀露出耐人尋味的笑容說：「行啊，莫克，你不好下這個結論，真是有意思啊。金達，那你來說，你認爲是哪家抄襲呢？」

金達見呂紀似乎很惱火莫克的表現，便知道不能再維護莫克，只好實話實說：「呂書記，看上去好像城邑集團開出的條件更優一點，所以如果一定要說剽竊的話，恐怕城邑集團的可疑性更大一些。」

呂紀又去看了看莫克，說：「莫克，你對金達的看法怎麼認爲？」

莫克還想維護城邑集團，便說道：「表面上看似乎是這樣，但是我認爲問題並不像表面看上去那麼簡單。」

呂紀質疑說：「哦？不是表面看上去那麼簡單，你說說看，怎麼個不簡單法？」

莫克說：「據我所知，城邑集團的束濤是老地產商了，有多年的招標經驗，應該不會犯這種愚蠢的錯誤的。」

呂紀看看莫克，質問道：「據你所知？莫克，看來你對束濤還蠻熟悉的啊？」

莫克聽出了呂紀話中譏諷的意味，覺得他跟束濤之間好像有什麼交易似的，意識到他幫束濤辯解的話有點欲蓋彌彰了，趕忙解釋說：

「沒有，呂書記，我跟束濤只是認識而已，我們並不熟悉。我剛才那麼說，只不過是從常理上判斷而已。」

呂紀臉沉了下來，說：「莫克，你給我說實話，你跟束濤是真的不熟嗎？」

莫克肯定的點了點頭，說：「呂書記，我真的跟他不熟，我以我的人格擔保。」

呂紀冷笑一聲，說：「那你的人格也太靠不住了，你看看這都是什麼？」

呂紀說完，便將一疊照片扔在莫克面前。

莫克一看照片上的人是朱欣和束濤，就明白他們早就被人盯上了，所以才會有這些照片的出現。

這可要怎麼解釋啊？剛剛他才信誓旦旦的跟呂紀發誓說他跟束濤不熟呢，轉眼老婆跟人見面的照片就擺在眼前了。他當即就懵了。

呂紀盯著莫克說：「莫克，這上面的女人是你老婆吧？」

莫克回過神來，說：「是的，呂書記，您聽我說，我不知道我老婆背著我去見過這個束濤……」

呂紀沒說什麼，只是盯著莫克，似乎是想看莫克究竟要怎麼辯解。莫克看呂紀這種神態，擺明了是不信任他，心沉到了谷底。

到了這個地步，他除了抵賴到底，也沒別的辦法了。

他嘆了口氣，說：「呂書記，我知道現在我說什麼您都不會相信我，我是跳到黃河也洗不清了。我請求上面馬上對我立案調查，如果我真的有接受過束濤和城邑集團賄賂的事實，那就讓組織給我最嚴厲的處分好了。」

呂紀看莫克一副破釜沈舟的態度，便又看了看金達，說：「金達，你怎麼看這件事情啊？」

金達看呂紀的態度雖然很嚴厲，但是好像沒有一定要追究到底的意思，不然他也不會把他們倆一起叫來，便說道：

「呂書記，我認爲這幾張照片只能表明兩人有見面的事實，卻不能說明一定就有不法情事，莫書記可能真的是被冤枉的。」

「我也知道這兩張照片說明不了什麼，」呂紀的語氣緩和了下來，說：「但是在競標最關鍵的時候出現這種照片卻是很不應該的，上上下下的人都在看著你們呢，你讓其他參與競標的公司怎麼看這件事啊？」

莫克趕緊低頭認錯說：「對不起，呂書記，我不知道我老婆在搞什麼鬼，顯然是我沒管好老婆，這個我願意向您檢討，回去我一定會嚴厲批評她。」

呂紀教訓莫克說：「你批評她是應該的，你要提醒她，不要依仗你市委書記的頭銜胡做非爲，別最後你被她牽連，受到什麼處分。」

莫克用力點了點頭，說：「呂書記，您放心，我一定會嚴厲管束她的，確保不會再有類似的事情發生。」

呂紀又說：「莫克，光管束你老婆是不夠的。不管怎麼說，既然出現了這些照片，就意味你老婆跟束濤的見面已經被人知道了，你再參與這次的招標活動就有些不合適，瓜田李下，你應該避嫌，你退出領導小組吧。」

呂紀忍不住又罵說：「真是的，你一個市委書記管好你應該管的事就行了，插手這麼多經濟事務幹什麼。」

莫克頽喪地低頭說道：「我錯了，呂書記，我回海川後，會主動辭去領導小組組長的職務的。」

呂紀便對金達說：「金達，你是市長，這個組長還是你來幹吧，這次你可要把這競標把關好，千萬別再出什麼岔子了。」

金達點點頭說：「是，呂書記，我一定會圓滿達成任務的。」

呂紀又對莫克說：「莫克，別忘了回去好好管管你的老婆。你先回去吧，我還有些事情要交代金達。」

莫克說：「我知道了，呂書記，那我先回去了。」就灰溜溜的走了。

呂紀指了指沙發，對金達說：「秀才，我們坐下來談吧。」

坐定之後，呂紀說：「秀才，你老實說你是怎麼看這件事的？你覺得莫克跟束濤究竟有沒有什麼見不得人的交易啊？」

金達保留地說：「這個很難說，那個城邑集團的束濤是愛搞這種事的，要是真有什麼見不得人的交易也是一點都不令人意外。不過現在您及時喊停，就算他們有什麼勾當也沒辦法完成了。」

呂紀不禁嘆了口氣，說：「這個莫克也真是不長腦子，偏要招惹束濤這種麻煩。不過真要大張旗鼓去查的話，我是有些顧慮的，那樣牽動的就多了，事情可能會鬧大。而且這幾張照片和方案剽竊事件出現的時機很怪，一定是有人在背後操作的結果。」

金達也覺得事有蹊蹺，便說：「是啊，我也覺得這次的事件很詭異，您看是不是需要查一下？」

呂紀搖了搖頭，說：「查什麼？你要查莫克還是查剽竊事件啊？一查，這些醜事就公諸於眾了。而且我敢跟你打包票，就算查下去也不會查出什麼結果的。」

金達說：「那您的意思是？」

呂紀說：「不用查了，別再節外生枝了。秀才啊，那個天和房產究竟有沒有實力搞這個舊城改造項目啊？」

金達說：「還可以吧，這次他們聯合另一家公司一起競標。那家公司的實力也不俗，是山祥礦業旗下的企業。」

呂紀聽了說：「既然這樣，那就把項目給他們做算了，舊城改造項目也拖了很長時間了，該是有個進展的時候了。」

金達說：「行，就按照您的指示去做。」

呂紀又交代說：「這個莫克，以後你可給我看好了，不要再讓他插手不相干的事了。如果再有類似的情形，你要趕緊向我彙報。」

呂紀心中十分後悔用了莫克這個人，當初他爲了不想讓東海本土勢力掌控海川，刻意選擇了莫克這個從江北省調過來的人，現在看來真是一步錯招。

然而他還是得維護莫克，否則一定會招致別人的攻擊，說他用人不當。

金達看得出呂紀身陷進退維谷的境地，也不好說什麼，只能答應說：「好的，呂書記。」

回到海川後，莫克很快召開了一次臨時常委會，會議上說他這個市委書記不方便兼任太多的職務，所以要辭去領導小組組長的職務，並由金達接任。

消息靈通的常委們大致上已經知道發生了什麼事，自然很快通過了莫克的辭職請求。金達接任領導小組後，並沒有推翻之前的競標活動，而是繼續領導評標小組對提交的競標方案進行評議。

由於評議小組的成員們已經知道莫克牽涉到東濤的城邑集團，因此主動把城邑集團的方案給排除在外，於是天和房產順利得標了。

得到通知，丁益第一時間就打電話給林董，高興地說：「林董，我們公司得標了，您真是高明啊，每一步都計算的那麼精準到位。真是謝謝您了。」

林董笑笑說：「丁總，聽到你們得標，我也很高興，總算彌補中天集團當初給你們造成的損失了。另一方面，也讓東濤這個傢伙爲當初設計坑害中天集團付出了應有的代價。」

丁益說：「林董，您這麼說我就不好意思了，當初我們是聯合競標，有損失也是東濤搞的，不關貴公司的事的。」

林董說：「我心中總感覺有些虧欠你們。」

丁益感激地說：「林董您真是太客氣了。誒，這次您爲了方案，是不是額外支出了一些費用啊？」

丁益猜到林董一定是花費巨資收買了設計公司的人，這筆錢自然應該由天和來出。

林董說：「丁總果然明白事理，費用當然是有的，不過，我們兩家日後還會合作的，不必要算得那麼清楚，是吧？」

丁益笑了，人情的確是不能算得那麼清楚的，有時候算得太清楚反而顯得生分。反正日後中天集團跟天和房產還有要合作的項目，可以在合作中再還這個人情，便說：「是我小家子氣了，那林董，我就不說別的什麼了，總之謝謝您啦。」

掛掉電話，丁益又打電話給傅華。

傅華接了電話，便笑說：「丁益啊，你是想跟我說去哪裡請我的客吧？」

丁益笑說：「是啊，等我和伍權好好商量一下，看要請你去哪裡吃飯。」

傅華說：「沒問題，我等著你們倆請客就是了。誒，丁益，這次你們竟然把束濤給玩了，我估計他一定不會善罷甘休的，你可要小心他和孟森採取什麼報復行動啊。」

丁益說：「我會小心的，不過這次有伍權跟我在一起，我想他們也不敢有什麼貿然的行動的。」

海川，市長辦公室。

海川重機的李副總、孫守義正在跟金達作彙報。

李副總眉頭緊皺著說：「市長，這又到了發工資的時候了，您看市財政能不能再撥一筆資金給我們？要不然這個月的工資又要發不出來了。」

金達便問孫守義說：「老孫，財政的資金還能抽調出這筆錢來嗎？」

孫守義苦笑著搖搖頭說：「市長，眼見就要到年關，財政資金現在緊得要命，哪裡還能抽出這筆錢來啊。」

金達就又看了看李副總，說：「老李啊，財政也沒有錢了，我看你們還是自己想辦法吧。」

李副總苦笑說：「市長，我們要是有辦法，怎麼還會來麻煩您呢？」

金達說：「老李啊，海川重機早就是自負盈虧的企業了，你們不能一沒錢就找政府要啊！前段時間工人們不是想要靠技術革新自救嗎？有沒有什麼進展啊？」

李副總說：「能有什麼進展啊，我們廠的技術早就落後人家很多了，靠現有的技術根本就拿不出像樣的產品，所謂的技術革新，不過是句空話而已。您還是幫我們想想辦法吧，再這樣子下去的話，海川重機只能死路一條的。」

孫守義在一旁說：「老李啊，你這不是故意難爲市長嗎？市裏難道沒幫你們想辦法嗎？市裏費盡心思幫你們請回人來幫你們重組，但是你們對人家是什麼態度？你們一再的圍堵人家，還提出一些不切實際的條件，人家根本就無法接受。你讓我們想辦法，現在我們也沒辦法可想了。」

金達也說：「是啊，當初市裏面之所以跟人家談重組，就是看到海川重機的主業已經

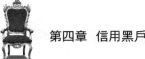

無可救藥了，所以想要給海川重機工人們一條生路，結果卻被你們搞成那個樣子，市裏面真是能想的辦法都想了。」

李副總說：「可是市長，現在就快到年關了，工人們的情緒很不穩定，如果不發工資的話，我怕工人們又會鬧事的。」

孫守義看了看李副總，不滿地說：「老李，你這是什麼意思啊，想拿工人鬧事來威脅市政府嗎？」

李副總苦笑了一下，說：「孫副市長，我可沒這個意思，我只是實話實說而已。市裏面不是要我注意工人們的動態嗎？」

金達打圓場說：「老李，我知道你確實沒這個意思，不過呢，市財政也確實沒有資金可以抽調給海川重機了。你還是儘量做做工人們的工作，不要讓他們再老是拿圍堵市政府作爲要脅政府輸血的手段。」

孫守義幫腔說：「是啊，海川重機明顯已經是病入膏肓了，輸血也救不活的。老李，既然技術革新自救這條路行不通，我建議你還是多勸勸工人們接受重組吧。」

李副總很爲難地說：「兩位領導啊，這個工作真是不好做，你們看我都這麼大歲數了，成天挨工人們的罵，要不兩位把我給撤了算了，我真是沒辦法做這個工作了。」

孫守義看了李副總一眼，說：「老李，你可不能在這個時候撂挑子啊，問題總有解決辦法的。」

李副總苦著臉說：「可我沒這個能力啊。」

金達勸說：「老李，你別說這麼喪氣的話，市裏面知道在這麼困難的時候讓你主持工作很辛苦，不過，眼下也沒有別人能頂得上來，你還是繼續堅持一下吧。」

李副總無奈地說：「我服從組織上的安排就是了。不過，再這樣拖下去，問題會越積越大的。說實話，我也贊成重組，不過我沒能力說服工人們接受這個建議，要不，市裏面派位領導親自下去做做工作?!」

孫守義心想，這時候如果要派人到海川重機做工作，他可能就是第一人選了。雖然這個工作不好做，但是也容不得他回避，便主動請纓說：「市長，要不我去看看?」

金達想了一下，說：「老孫，這次你就別去了，我去吧，我去跟工人們面對面談一談，把海川重機面臨的困境分析給大家聽，看看能不能協調工人們接受重組。老李說得很對，這件事不能再拖下去了，越拖越麻煩。」

孫守義擔心地說：「市長，這些工人們可是不太理智的，我看還是我去吧。」

金達笑說：「沒事的，我能應付得了。老李，你回去安排一下，我去跟工人們見個面吧。」

李副總笑著點了點頭，說：「市長，您能親自出面就太好了，我回去馬上安排。」

孫守義叮囑說：「老李，你可要保證市長的安全啊。」

李副總說：「放心，我豁出這條老命，也會維護好市長安全的。」

金達聽了，笑說：「別說得那麼可怕，我是去跟工人們交流，又不是上刀山下火海。行了，老李啊，你快回去安排吧。」

李副總離開後，孫守義不放心地看看金達，說：「市長，您真的有信心能說服那些工人們？」

金達苦笑說：「我哪有信心啊，不過，這件事總得要去做，如果我們不做，這些工人們再釀成什麼事端出來，我們也會被批評的。再說，這件事也拖了好長一段時間，我怕那位湯先生會等不下去的，萬一到時候他找呂書記，我們還不是要解決這個問題？」

孫守義想想說：「這倒也是，要不，明天我陪您去吧？」

金達笑笑說：「我知道你是擔心我，不過，我們倆一起去反倒會讓工人們覺得陣仗太大，會對我們產生抗拒心理的，反而不利於溝通。行了老孫，我應付這種場面還有些經驗，放心吧，不會有事的。」

次日，在海川重機的大禮堂裏，坐滿了海川重機的工人們，會議的氣氛十分凝重。由李副總主持會議，金達和海川重機的領導們在主席臺上列席就座。

李副總首先發言道：「同志們，大家都很清楚，我們海川重機面臨著前所未有的困難，現在工廠停產，大家的工資發不出來。今天金達市長來我們海川重機，就是想跟大家溝通一下，看如何能讓海川重機走出困境。大家鼓掌，請金達市長給我們作指示。」

台下的掌聲並不熱烈，只有少數人不好不給市長幾分面子，零零落落拍了幾下。

金達看了看臺下密密麻麻坐著的工人們，搖搖頭說：

「各位同志，李副總說讓我作指示，看有什麼辦法能幫海川重機走出困境。實話說，我恐怕要讓你們失望了，我並不知道有什麼辦法能幫海川重機走出眼前的困境。市裏為了拯救海川重機，做過各種努力，也積極為海川重機爭取過資金，爭取過項目，但是即使做過這麼多努力，海川重機還是泥沼深陷，沒有絲毫走出困境的跡象。

「前段時間，有同志提出要走技術革新自救的道路，想靠技術革新讓海川重機煥發生機，但是大家有沒有想過，技術革新要靠什麼？要靠資金和人才。資金，大家心裏都很清楚，市政府已經幫海川重機跟銀行協調過很多次，現在四大銀行的行長一聽我提到海川重機四個字，就趕緊搖頭，海川重機現在成了銀行的信用黑戶，根本就貸不出款來。

「那麼人才呢，大家心裏應該更清楚了，海川重機那些技術人才還有幾個留在這裏沒走啊？如果要從外面聘請技術人才，我們負不負得起高薪尚且不說，誰會來一家瀕臨倒閉的企業呢？現在要資金沒資金，要人才沒人才，又要怎麼搞技術革新？」

說到這裏，金達看了看臺下，語重心長地說：

「現在海川重機的同志們基本都在這個大禮堂裏，有哪位同志能站出來告訴我他有辦法解決這些問題，那我們市政府就支持他，讓他來領導海川重機。來，誰有這個本事就站出來。」

金達說完，停頓了幾秒鐘，看著台下，工人們都低著頭，沒有一個站起來說他有本事能救得了海川重機。

過了好一會兒，金達看沒人站出來，便說道：

「既然沒有一個人能站出來，說明大家心裏都清楚，現在就算是三頭六臂的神仙恐怕也沒辦法通過技術革新來拯救海川重機，如果大家還堅持一定要搞技術革新，那海川重機只有死路一條。到那個時候，等待大家的命運就是下崗，你們除了接受市裏面的再就業安排，沒有其他的路可走。我想，這種狀況大家也不願意接受吧？」

金達頓了一下，等工人們回應，但是工人們依舊沉默，沒有說接受不接受。

金達繼續說道：

「大家應該知道，現在是市場經濟時代，適者生存，不適者淘汰，企業經營狀況惡化，發不出工資，嚴格來說，是企業自身的問題，政府是不能承攬這一切的，企業才是主體，政府只是起一個輔助協調的作用。市政府是看到海川重機面臨困境，所以才協調北京的新和集團來海川重組。

「政府協調是為什麼，就是不想看著海川重機走向毀滅！可是為什麼大家就那麼反對呢？誠然新和集團來重組會從海川重機賺取很多利益，但是如果無利可圖，誰還會來搞什麼重組啊？如果大家只是為了這個反對新和集團的話，那海川重機乾脆什麼都不做，等著破產好了。

「再是，公司重組難免會讓一些人分流，這是必然的，因為新公司肯定用不了那麼多人。但是新和集團也為這些人提供了必要的補償，比較起來，這個補償比海川重機破產後所能給付的金額可是豐厚得多，可以為大家再就業提供一段時間的經濟支援，大家為什麼就不能接受呢？」

說到這裏，金達很有誠意地說：

「我說的，都是我真實的想法，大家如果對此有什麼不滿，你們儘管提出來，我說錯了什麼，你們也可以當面反駁我；如果我錯了，我會跟你們認錯，但是如果我說的沒錯，也請大家本著理智的態度，接受市裏的企業重組安排。

「海川重機已經沒有時間再這麼耗下去了，現在還有公司願意來重組，再耗下去，海川重機的狀況會更糟，就不會再有企業還跟我們談判了。

「我的話講完了，大家可以發表你們的看法了。」

第五章

疑心生暗鬼

雖然沒有人說要為朱欣跟東濤接觸這件事處分他，但是莫克卻覺得這比受了處分還難受。
現在他走在市委大樓的走廊上，老覺得背後有人在指指點點，一回頭卻什麼都沒有，
他感覺自己已經到了一個疑心生暗鬼的程度了。

李副總把麥克風拿了過去，說：「剛才金市長所講的，大家都應該聽得很清楚了，金市長講的很坦誠，也很真實，這就是我們目前所面臨的狀況。現在市長就坐在這裏，大家有什麼意見可以直接跟市長提。」

陸續有工人提出一些看法，金達都一一作了回答解釋，工人們雖然沒有明確表示接受重組，卻也沒再提出什麼反對的意見。金達估計工人們經過這段時間的冷靜思考，大體上對重組也沒那麼排斥了，便說道：

「我知道大家對海川重機很有感情，捨不得海川重機主業改變，但是我們也應該理智的考慮海川重機面臨的現實困境，我建議大家再重新考慮一下要不要接受重組。今天就這樣吧，我下面還有一個會議要參加。大家如果考慮有了結論，可以報告李副總，李副總會跟我彙報的，市裏會尊重大家的意見的。」

金達就離開了海川重機。

他沒有逼著工人們馬上表態，而是給工人時間考慮，因爲他覺得逼得太緊，反而會適得其反。不如給工人們空間，讓他們把事情想清楚，好做出正確的抉擇。

過了兩天，李副總把工人們全體會議通過願意接受重組方案的消息彙報給金達，金達終於鬆了口氣，雖然一波三折，但是問題總算是獲得了解決。

這個問題解決，等於是去掉一個隨時會爆炸的炸藥庫，海川市政府再也不用爲了工人們鬧事而擔心了。金達就讓孫守義把這個消息通知北京方面，讓湯言準備簽約，孫守義答應說會讓傅華去安排。

說完這件事，金達說：「老孫，年關將近，我想去北京看看一些老領導。」

從郭奎調往北京之後，金達就想去北京看望一下郭奎，只是先後出了很多事，讓他一直走不開。現在好不容易海川重機和舊城改造項目都有了些眉目，暫時海川沒什麼事情讓他操心了。

莫克在出了朱欣跟束濤被拍的事情之後，一蹶不振，再也無法在海川端出一副道貌岸然的架勢出來，所以金達不用擔心他離開海川後，莫克在背後搞什麼鬼。

孫守義便笑笑說：「是應該看望一下老領導了，您需要我這邊做什麼安排嗎？」

金達說：「不需要做什麼特別的安排，禮物我會叫下面的人準備的。」

金達就知會了一聲莫克，然後飛往北京。傅華在機場接了他，把他送到海川大廈住下。進房間後，金達問傅華：「海川重機重組可以啓動的消息，你通知湯言了？」

傅華點點頭，說：「一接到孫副市長的電話後，我就告訴湯言了。」

金達說：「他什麼態度？」

傅華說：「很高興，說總算等到了。誒，市長，您要不要見見他？」

「你跟他說我來北京了？」金達問。

傅華回說：「這倒沒有，我不知道您願不願意見他，所以也就沒跟他說。」

金達說：「那就不要見了，說實話，我還真受不了他那種倨傲勁。」

傅華卻說：「我看他對您倒是挺有好感的，一直誇說您是一個有真本事的官員。」

金達笑說：「我有沒有真本事還不需要他來評價。」

晚上，金達就去拜訪了郭奎。

郭奎看到金達十分高興，說：「秀才，你隔這麼久才來看我，我還以為你把我老頭子給忘記了呢。」

金達笑說：「郭書記，看您這話說的，我其實早就想來看您了，只是市裏面的事情太多，實在是無法分身。」

郭奎笑笑說：「跟莫克不好配合吧？」

金達點點頭，說：「郭書記，在您這尊真佛面前，我不敢說假話，您不知道，他這個人脾性真是有些怪異。」

郭奎說：「我早跟你說過了，我對莫克這個人並不看好，我在東海省省委的時候，就發現這個人雖然表面上一團和氣，但是那都是偽裝出來的。果不其然，他去海川後搞出來的那一套，就是這種讓人很反感的虛言假套。這些東西偶然拿出來還能唬唬人，真要當做一回事來搞，馬上就會現形的。」

金達不禁笑說：「看來您對他在海川的表現瞭若指掌啊！」

郭奎說：「前兩天我跟呂紀聊過他，呂紀對他的表現很不滿意，還直說當初該聽我的，不用他就好了。」

金達笑笑說：「這次舊城改造項目把莫克弄得是灰頭土臉，他現在老實多了。」

郭奎搖搖頭說：「這只是表象，秀才，你可千萬別被他騙了。你不懂莫克。他這個人心理有些偏狹，如果身處不重要的位置，他的好人也許能裝一輩子，但是呂紀偏偏給了他這個機會，把他放到委書記這麼重要的位置上，他一些原本被壓抑的欲望就會從心底裏冒出來了。」

說到這裏，郭奎看了看金達，說：「秀才，這時候莫克說不定心裏已經恨上你了。」

金達愣了一下，說：「他恨我幹什麼，我又沒做什麼針對他的事情。」

郭奎笑說：「你沒做過針對他的事情，不代表他就不針對你了。你想過沒有，這次招標出現的剽竊方案，以及莫克老婆被拍的事都很詭異，你知道這是怎麼一回事嗎？」

金達想想說：「我認真的分析過，想來想去，我認爲這些把戲應該是天和房產搞出來的，因爲他們是這次事件唯一的受益者，要不是因爲這兩件事，項目還未必會落入他們囊中，不是他們在其中搞的鬼才怪呢。」

郭奎笑說：「秀才，你這個分析很有道理，但是並不完全正確。誰說天和房產是唯一的受益者了？你沒有從這件事情中受益嗎？我看你才是最大的受益人吧？你看，雖然被抓到的是莫克的老婆，但是受到打擊的卻是莫克。而你在這次事件中，一直把自己撇得很清，都沒參與項目的具體事宜，每件事都表示支持莫克。這跟你以往的作風可是大大不同。肯定會有人懷疑，如果不是你事先設計了這個局，又怎麼會這麼甘受莫克的擺佈呢？」

金達詫異地說：「郭書記，您如果這麼想，我真是無話可說了。我之所以不去跟莫克有什麼爭執，都是您離開東海前跟我說的那番話影響的，您讓我要從全局著想，不要去跟一把手公開的對抗。說實在，在莫克提出要啓動舊城改造招標時，我心裏就很反感他的做法。不過，他把這個項目提高到影響到海川市大局的高度，我就沒再說什麼啦。就像您講的那樣，我要服從整個大局。現在倒好，這又成我的錯了。」

郭奎看著金達，笑說：「怎麼，我這麼說，你覺得很委屈嗎？」

金達說：「當然委屈了，我又沒做這種事。」

郭奎笑了，說：「你說你沒做過，有什麼證據啊？天和房產上次參與這個項目時，你和孫守義就是支持他的。這次難道你會與他們無關？我想很大一部分人一定會認爲這次事件肯定與你有關，甚至會認爲你就是整個事件幕後操作的黑手。」

金達大嘆無奈：「這可真是天大的冤枉啊，郭書記，您是知道我的行事風格的，我什麼時候在人背後搞這種陰謀了？我如果對莫克有意見，想整他，那我會正大光明跟他對著幹的，不會在背後搞這種小動作。」

郭奎反問說：「這種事可不能光憑說說就能讓人相信你，證據呢？你能提出什麼有力證據出來嗎？」

金達苦笑說：「這種事我從哪裡去搞證據啊？反正我沒做過，就沒做過。」

郭奎不放過金達，又問道：「那如果莫克就是認定這件事是你做的，以後處處針對你，想辦法報復你，你會怎麼樣呢？」

金達想了想說：「我還能怎麼樣？當然是要還擊了。如果莫克真的處處跟我作對，那吃苦頭的一定是他。」

郭奎笑了，說：「還擊？露出你的本相來了吧？秀才，你跟我說實話，是不是莫克到海川之後做的那些事，讓你忍得很難受啊？你是不是早就想找機會還擊他了？」

金達承認說：「我是忍得很難受，忍他倒也罷了，關鍵是，不是我忍，他就不來針對我了。郭書記，您知道嗎，前些日子他來北京，竟然私下調查駐京辦主任傅華在北京的活動有沒有違規的地方。傅華跟他基本上根本沒有交集，我想了半天，他去查傅華只有一個原因，就是傅華是海川出了名的金達嫡系，他這麼做，不是針對傅華，而是針對我。」

郭奎笑笑說：「這你是怎麼知道的？」

金達說：「是傅華私下跟我聊到的，傅華您也見過，他不會撒謊的。」

郭奎笑了笑說：「我相信他說的是真的，可是那又怎麼樣呢？」

金達說：「那又怎麼樣？我總不能被他整到頭上還忍氣吞聲吧？」

郭奎反問說：「爲什麼不能忍氣吞聲？你有什麼地方怕人整的嗎？還是這個傅華真的有什麼做得不好的地方？」

金達很有自信地說：「這倒沒有，我金達做事向來光明磊落，誰來整我也不怕！傅華更是一個很有分寸的人，不會有什麼違規的地方的。」

郭奎笑說：「既然這樣，那你在擔心什麼？」

金達被嗆了一下，咽了口口水說：「郭書記，可是這口氣不好受啊！」

郭奎說：「這口氣不好受，你就要還擊？秀才，你跟我說實話，這次天和房產的事，你究竟參與了多少？」

金達急說：「郭書記，都說了事情不是我做的。您怎麼就不相信我呢？」

郭奎說：「秀才，你在我面前就不要裝了，是啊，兩家方案鬧剽竊、找人盯梢拍攝莫克老婆的照片，這些事情你可能沒參與，但是你敢保證天和房產要競標前沒跟你打過招呼？我就不信沒有海川市一二把手的支持，天和房產的人還敢出來參與競標？我不相信天和房產如果不是有什麼依仗，敢在政府眼皮底下玩這麼大的花招！」

金達聽了，笑笑說：「您是說這個啊，是，這我承認，天和房產參與競標前的確問過我的意見，我當時覺得既然是競標嘛，大家都有參與的機會，所以就說只要他能拿出最優良的方案來，我會支持他。郭書記，這應該沒什麼問題吧？」

郭奎盯著金達看了半天不說話，金達被看得直發毛，乾笑了一下，說：「郭書記，您別這麼看我，我沒做錯什麼啊！」

郭奎笑說：「秀才啊，你出息了，竟然在我面前也玩起花招來了。」

金達趕忙說：「我沒有，郭書記。」

郭奎笑了笑說：「真的沒有嗎？你跟天和房產說的話看似沒什麼問題，但是這裏面是有很大的想像空間的，你實際上是在鼓勵他們參與競標，是吧？再說，你可不要告訴我，你對誰來承接這個項目，心中早有屬意的公司了？」

金達尷尬的說：「郭書記，我在你面前還真是像個透明人一樣。」接著忿忿不平地說：「我知道莫克重啓這個項目，是爲了束濤的城邑集團，我對他這種爲了私人利益把項目私相授受的做法很反感，這個項目是海川的，可不是他莫克私人的，憑什麼他想給誰就給誰啊？」

「所以你就變相鼓勵天和房產參與這個項目？金達啊，你什麼時候能成熟一點，拋開你那個不值一提的正義感？」郭奎嘆說。

「郭書記，我……」金達不知該說什麼好了。

郭奎說：「秀才，你是讀過大書的人，莊子的《內篇・人間世》你應該讀過吧？」

金達說：「讀過啊。」

郭奎說：「顏回見仲尼，請行。曰，奚之？曰，將之衛。曰，奚爲焉？曰，回聞衛君，其年壯，其行獨。輕用其國而不見其過。輕用民死，死者以國量，乎澤若蕉，民其無如矣！回嘗聞之夫子曰，治國去之，亂國就之。醫門多疾。願以所聞思其則，庶幾其國有瘳乎！仲尼曰，嘻，若殆往而刑耳！夫道不欲雜，雜則多，多則擾，擾則憂，憂而不救。古之至人，先存諸己而後存諸人。所存於己者未定，何暇至於暴人之所行！……必死於暴人之前矣！」

金達看郭奎把前幾段朗誦了出來，笑說：「想不到您對莊子竟然這麼熟悉啊？」

郭奎說：「莊子是我來北京之後，一位老領導推薦讓我看的，他說這裏面包含著很多的人生至理。我就遵照他的指示，把莊子認真的看了很多遍，確實很有感悟。秀才，你知道我剛才念的這段是什麼意思嗎？」

金達點點頭，郭奎念的這段是莊子杜撰顏回和孔子的一段對話，是說顏回去拜見孔子，請求同意他出遠門。

孔子說：「到哪裡去呢？」

顏回回答，打算去衛國。

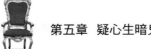

孔子問：「去衛國幹什麼呢？」

顏回說：「我聽說衛國的國君正年輕，辦事專斷。輕率地處理政事，看不到自己的過失。我曾聽老師說，治理得好的國家可以離開它。治理得不好的國家卻要去那裏，我希望根據先生的教誨，去幫助衛國的國君，衛國也許可以逐步恢復元氣吧！」

孔子說：「不行啊！你恐怕到衛國就會遭到殺害的！古時候，道德修養高尚的人，總是先使自己日臻成熟方才去扶助他人。如今在自己的道德修養方面還沒有什麼建樹，哪裡還有什麼工夫到暴君那裏去推行大道?!勉強把仁義和規範之類的言辭述說於暴君面前，就好比用別人的醜行來顯示自己的美德，這樣的做法可以說是害人。害人的人一定會被別人所害，你這樣做，會遭到別人的傷害的呀！」

郭奎嘆了口氣說：「那你就應該知道不要再跟我妄談什麼正義。就算他做錯了，不是還有組織規範他嗎?我不是跟你說過，莫克只是個過渡性的人物，你不要去跟他爭什麼，你怎麼就是不聽呢？」

金達辯解說：「我沒去跟他爭，這次我也沒想到天和房產公司會這麼做……」

郭奎教訓他說：「你還狡辯，你不去攛掇天和房產，也就沒這麼多事了。秀才啊，我知道天和房產那些做法不是你授意的，但是別人瞭解嗎？別人會怎麼想呢？特別是莫克，他這次弄得灰頭土臉的，你說他會把賬都算在誰頭上啊？」

金達低下頭，不再說話了，他心中原來因為天和擊敗城邑集團，得到舊城改造項目所帶來的一點竊喜，現在被郭奎批評得蕩然無存。

過了一會兒，郭奎才又說：「別那個垂頭喪氣的樣子了，事情既然已經這樣，重點是後面如何去應對。秀才，你告訴我，以後如果莫克處處針對你，你準備怎麼辦？」

金達趕緊求教說：「您的意思呢？」

郭奎說：「你問我的意思，我的意思你肯聽嗎？」

金達苦笑說：「當然聽啦，我跟您保證，今後我一定嚴格按照您的指示去做，絕對不要小聰明了。」

郭奎說：「你也知道你那是小聰明啊？行了，別一副低頭認罪的樣子了。我這麼說你，是提醒你，以後不要輕易攪合進這些項目的爭鬥當中去了。你要維護正義，我不反對，只是你起碼要做到能夠掌控局面之後，再來做你的正義衛士也不遲。別還沒那個能力就瞎搞，那可是害人害己的。就像這次，幸虧是呂紀出於維護莫克的心理，把事情給壓下去了，如果換了別人，追究到底的話，天和所玩的把戲一定會被拆穿的，到時候很難說你會不受牽連。」

郭奎又語重心長地說：「秀才啊，我的意思是，今後不管莫克對你做什麼，能忍則忍；實在忍不下去，也不要跟莫克直接衝突，你就去找呂紀，把莫克的所作所爲講給呂紀聽，讓呂紀來處理好了。呂紀對莫克已經很不滿，他以後越是搞這些小動作，作踐的越是他自己，一定會招來呂紀更大的不滿的。你明白了嗎？」

金達點點頭說：「我一定按照您的吩咐去做的。」

郭奎說：「最好是這樣子。誒，秀才，我還有一件事情要問你，前陣子鄧子峰去你們海川調研，聽說有個婦女攔車喊冤，這是怎麼回事啊？」

金達訝異地說：「這事您也知道？」

郭奎說：「有人向全國人大寄了舉報信，說你們海川警方被收買，包庇罪犯，還說害死她女兒的，是省裏的一位高官；鄧子峰爲了包庇這個高官，所以敷衍了事。我因爲事情牽涉到東海省和海川，所以就留意了一下。究竟怎麼回事啊？」

金達就說鄧子峰是被冤枉的，他倒是想查明案件的真相，只是找不到有利的證據，只好把事情擱置下來。

郭奎聽了，問金達說：「秀才，你覺得這個省裏的高官會是誰啊？」

金達說：「如果真有省裏的高官涉及的話，我認爲很可能是孟副省長，因爲出事的那家公司董事長跟孟副省長的關係相當好。」

郭奎點點頭，說：「我也猜是這個老孟，這傢伙很好色，總有一天會栽在這上面的。我在東海就接過他跟女人不清不楚的舉報，只是後來都沒查出什麼來，但想來是無風不起浪的。誒，秀才啊，你有沒有參與這個案子啊？」

金達搖搖頭，說：「我知道的也大概就是這些情況而已，都是公安局在查，是莫克向鄧子峰彙報。」

郭奎想了想說：「是這樣啊。秀才，你對這位代省長怎麼看呢？」

金達說：「現在還看不出什麼來，他來東海省後，表現算是中規中矩，並沒有做什麼特別突出的事。」

郭奎笑笑說：「你別小看這個人，他在嶺南的時候可是以鐵腕著稱的，這個人很強勢，絕不會一直這樣雌伏下去的，他現在可能還有點忌憚老孟在東海的勢力，所以不敢有什麼大動作。」

金達認同地說：「您說的很對，鄧子峰上次調研的路線，就刻意避開孟副省長勢力掌控的縣市。河西和東桓這兩個跟孟副省長關係很近的市，經濟出現了下滑情形，鄧子峰也是請孟副省長出面處理。這表明鄧子峰不願意伸手到孟副省長的勢力範圍內。」

郭奎嚴肅地說：「鄧子峰是剛剛履新，立足未穩；而老孟則可能是剛出了那件桃色事件，晦氣還沒過，也不敢在這時候去招惹鄧子峰。所以他們倆還會維持一段和平時期。不過，這兩人性格和行事風格截然不同，早晚會有一戰的。秀才，我可事先警告你啊，你躲這倆人遠點，千萬不要加入戰局，不要給人家當炮灰。」

金達說：「我跟這兩邊都沒什麼交情，不會參與的啦。」

郭奎說：「現在沒交情，不代表將來沒交情。鄧子峰如果要在東海做下去，勢必要拉攏一些官員做他的班底。你這個海川市長位置很關鍵，說不定他會看上你啊！」

金達笑笑說：「不會吧？」

郭奎耳提面命說：「一定會的，不論什麼時候，官場上派系鬥爭都是難免的。你身處其中，就難免被牽涉到。你一定要站穩腳跟，知道你是誰的人。記住，在東海，你就是呂紀的人，做什麼事都要唯呂紀馬首是瞻。千萬不要因爲別人許諾你什麼，就隨便轉換跑道，那樣你會栽得很慘的。」

就在金達和郭奎談話的差不多時間，海川，莫克的家中，莫克和朱欣也有一場很重要的談話。

莫克這幾天一直心煩意亂，整夜失眠。睡不著的過程中，他就會想起被呂紀訓斥的情形，越想心裏就越惶恐，被省委書記這麼訓斥還得了，他一定是上了呂紀的黑名單了，他感覺自己的仕途已經走入一條死胡同了。

雖然沒有人說要為朱欣跟束濤接觸這件事處分他，也沒有人在他面前再提起過這件事，但是莫克卻覺得這比受了處分還難受。

現在他走在市委大樓的走廊上，老覺得背後有人在指指點點，一回頭卻什麼都沒有，人們對他還是那副尊重的樣子。這讓莫克感覺越發糟糕，他感覺自己已經到了一個疑心生暗鬼的程度了。

這一切都是朱欣搞出來的，怪不了別人，自己這輩子的幸福已經被這個女人給毀了，現在她又要來破壞他的仕途。一想到這些，莫克就對朱欣恨得牙癢。

有這個女人在身邊，估計他這輩子別想翻身了。

現在朱欣明顯成了負資產了，只要她在，人們就會認為她所做的一切都是他授意的，他好不容易建立起來的良好形象，現在可以說是完全喪失殆盡，莫克知道自己必須做點什麼了。

現在的朱欣變得越來越惡毒，這個女人已經不是他的妻子，而是睡在身旁的一條毒蛇，他得時刻提防著，免得被這條毒蛇咬上一口。

另一方面，莫克覺得這次自己雖然是碰得灰頭土臉，但是塞翁失馬，焉知非福，此刻朱欣再也沒有那種優勢，這時候如果提出離婚的話是最好不過了，朱欣心再狠，也不會對他一點都不愧疚，他可以利用這種愧疚心理，以比較低的代價換取讓朱欣同意離婚。

意識到這一點之後，莫克心中產生了一絲竊喜，他終於等來了這個擺脫朱欣的機會。

莫克覺得他必須趕緊跟朱欣談一談。就走出書房，在客廳裏找到朱欣，說：「我們談一談吧。」

莫克注意到朱欣的臉上閃過一絲慌亂，這個女人很少在他面前會出現這種表情，說明她確實是覺得有愧於他。

朱欣心裏的確很亂，這些天，莫克一回家都是躲在書房裏，連個照面都不願意跟她打，她很清楚莫克在恨她。

這也難怪，莫克本來就不願意插手城邑集團競標的事，是她利用莫克的醜事，硬是脅迫他不得不插手處理。又因爲她的不慎，讓對手拍到了她跟束濤見面的照片，莫克因此才被迫退出改造項目領導小組的。

雖然朱欣自身級別不高，但是對官場多少有些瞭解，一個官員如果被人懷疑有受賄謀私的話，他將來的仕途很可能就此一蹶不振。她明白她這次闖下了大禍，是她害了莫克。

朱欣雖然貪慕虛榮，但不表示她想害莫克，她跟莫克畢竟是多年夫妻，還是有夫妻感情的，再說，兩人還有孩子，如果被孩子知道，爸爸倒楣都是因爲媽媽的關係，她真不知道該如何自處。

因此朱欣心中的確對莫克很愧疚，想等莫克願意跟她說話的時候，好好跟莫克道歉。

現在莫克主動說要談一談，朱欣就趕緊說：「老莫，城邑集團這件事是我不好，我不該逼你做這件事的，對不起。」

朱欣竟然會說對不起，這讓莫克多少有點意外，這一刻，莫克的心又軟了一下，他覺得也許跟朱欣離婚有點過分了。

莫克看了看朱欣，苦笑說：「現在說這些還有什麼用啊？」

朱欣愧疚地說：「老莫，我知道說對不起也不能幫你挽回形象，不過我是真心覺得很抱歉。」

莫克不禁埋怨說：「你現在覺得抱歉，當初我跟你說這件事不能做的時候，你幹什麼去了？我都那麼跟你說不行了，你倒好，竟然拿幾句夢話來要脅我，朱欣，你這個女人的心真是夠狠啊。」

朱欣看莫克一副不依不饒的樣子，不由得辯解說：

「老莫，這件事也不能全怪我啊，我那麼做也是爲了這個家庭。你也不想想，將來孩子出國讀書、結婚，都是需要花大錢的，你現在這點家底根本就不夠啊，不趁這個機會大撈一筆，你什麼時候還能有這個機會啊？」

本來莫克因爲朱欣主動認錯有點心軟了下來，沒想到朱欣依舊是一副貪婪的模樣，這下可氣壞莫克了。他衝著朱欣叫道：

「錢錢錢，你就只認識錢！這次是我運氣好，呂紀沒有深入調查究竟是怎麼一回事，只讓我退出領導小組，如果他抓住這件事不放，非要查個水落石出不可的話，我們倆早已經被抓起來了。到你蹲了監獄的時候，我看你還想不想撈錢！你真是木頭腦袋啊，我也知道錢是好東西，但也得你有那個命去花才行啊。」

朱欣開始不高興起來，說：「你不用對我這麼兇，大家都是這麼玩的，那個王勝家憑什麼過得那麼麼好，還不是通過這些手段搞來的?!這次是我倒楣，被人抓到罷了。」

莫克看朱欣仍死不改悔，心裏徹底對朱欣絕望，便說：「朱欣，你不用去扯到王勝，現在局面已經這樣了，我們還是談談之後怎麼辦吧。」

朱欣愣了一下，滿面狐疑的看著莫克，說：「老莫，你這是什麼意思啊，什麼之後怎麼辦啊？省裏不是也沒處分你嗎？那你就繼續做你的市委書記就行了，還怎麼辦什麼？」

莫克冷笑一下說：「繼續做這個市委書記？我這個市委書記還怎麼做啊？現在大家都知道我的老婆跟地產商勾結，想要私下把舊城改造項目給地產商。在他們心中，一定認為我就是一個貪污腐化的官員了，今後你讓我還怎麼去管理那些下屬官員啊？我要是管人家，人家一定說：你自己都有問題了，憑什麼來管我們啊？」

朱欣皺著眉說：「老莫，你這是什麼意思啊，難道你想引咎辭職？你可千萬別這麼傻啊，沒有市委書記這個職務，你就什麼都不是了。你管人家怎麼想你幹什麼，反正上面還是讓你繼續幹市委書記，你就硬著頭皮幹下去就是了。時間一長，人們就會忘記你曾經有過這麼一段的。」

莫克冷冷地說：「人們會忘記這件事情？不會的，只要你在我身邊，人們就不會忘記的。朱欣，你說得不錯，沒有市委書記這個職務，我就什麼都不是了，這個位子是我拼搏半生才得到的，我當然不會就這麼放棄；而且我還年輕，還想有一番作爲。現在就只剩下你的問題了，只要你在我身邊，不論是老百姓、同事還是上級領導，他們都會認爲你做的事是我授意的，會認爲是我受賄了。」

朱欣臉色一下子變紅，她這時才明白莫克跟她說這些是心存不軌，莫克的意思就是想要她離開他！

朱欣叫道：「莫克，說了半天，你是想跟我離婚是吧？」

莫克也沒回避，直視著朱欣說：「是，我想離婚，我如果不跟你離婚，會一輩子背負著這件事，那我的仕途就完蛋了。我不想這樣子，所以我別無選擇，必須跟你離婚。」

第六章

紅顏禍水

朱欣嗤了聲說：「你發什麼火啊？難道我說的不對嗎？
她去喜歡一個年紀比她父親都大的男人，不是婊子是什麼？
莫克，我提醒你啊，那個婊子是紅顏禍水，
我勸你還是離她遠一點比較好，別最後也跟林鈞一個下場。」

朱欣大叫說：「好哇，莫克，你終於把你心裏的話說出來了，你想跟我離婚去娶方晶那個婊子是吧？我告訴你，別做夢了。你可不要把我逼急了，逼急我，我把你的醜事都公佈出去，看你還怎麼做人？」

莫克冷冷的瞪了朱欣一眼，心中越發厭惡這個女人，他一天都無法忍受下去了。他呵斥道：「你別叫了，嗓門大就有理是嗎？我什麼時候逼你了，都是你逼我的好不好？以前就算你拿那幾句夢話來威脅我，我也沒有想過要離婚，但是你現在讓我沒別的選擇，我不離婚，就沒有進步的空間了。好了，我也不想跟你爭執什麼，你開個條件出來吧，你想要什麼條件才肯跟我離婚？」

朱欣面色蒼白地說：「你別妄想，什麼條件我也不會答應和你離婚的！哼，你用我們家的錢讀書發達了，現在看我人老珠黃就想甩了我？你要我同意跟你離婚，這輩子都沒門，除非你把我殺了。」

莫克冷冷地說：「朱欣，我勸你還是理智一點吧，現在大家都知道是你勾結城邑集團想要謀取項目的，如果我跟組織以這個理由提出要跟你離婚，我想上面一定會同意的。」

朱欣哼了聲說：「莫克，你別拿組織來威脅我，組織同意又怎麼樣呢？我就不離！你可別忘了，我手裏還捏著你的醜事呢，你真是把我逼急了，我把你的醜事都給公佈出來，我看你還怎麼去面對組織。」

莫克不禁失笑說：「朱欣啊，我不知道你是真笨呢，還是想不明白？你以爲組織會相信你所說的話嗎？更何況，你依據的不過是幾句夢話罷了，你拿得出證據證明我真的那麼說過嗎？人們一定認爲你是因爲恨我，故意編造出來的。所以我勸你還是別傻，你真要這麼鬧，會被人當做瘋婆子的。」

朱欣怔住了，她沒想到莫克連這一層都想到了，看來這傢伙還真是有備而來啊。

然而，朱欣不甘心就這麼被逼著離婚，使出殺手鐧說：

「莫克，你還真是把我算計到家了，不過，你千算萬算，也算不到我真會豁出一切吧？是啊，人們會認爲我是瘋婆子，認爲我無理取鬧，但是我就當這個瘋婆子，我就要無理取鬧，反正離了婚，我就什麼都沒有了，既然這樣，乾脆我就豁出去，跟你鬧個你死我活，你不讓我好過，我也不會讓你舒坦的！」

莫克聽了說：「朱欣，你別這麼無賴好不好？」

朱欣冷笑一聲，說：「我又成無賴了?!好哇，我就無賴給你看，到時候，我就找組織，把你做的事情都給你揭發出來。別以爲跟我離婚了，城邑集團的事你就能撇清了，你可別忘了，你跟束濤是見過面談過條件的，要不要我去紀委把這些都揭發出來啊？」

莫克心中大駭，朱欣如果真的這麼做，他這個市委書記就不用做了，急叫說：「你這個惡毒的女人，你想害死我啊？」

朱欣笑了，說：「莫克，你怕啦？更厲害的手段我還沒使出來呢。」

莫克嘆了口氣，說：「朱欣啊，你說我們倆現在這個樣子還能過下去嗎？我們心中都恨著對方，這樣就算我們還在一個屋簷下，過得也不會快樂的，這種夫妻不過是徒有虛名罷了，維持下去還有什麼意義呢？」

朱欣說：「我知道沒什麼意義，但是如果我同意離婚，你還是風光無限、前途無限的市委書記，走到哪裡都受人歡迎。說不定我前腳跟你離婚，後腳就有美女嫁給你。可是我呢，是個沒人要的黃臉婆，後半輩子都將一無所有。既然這樣，我還不如抱著你一塊死呢。」

莫克聽了說：「朱欣，原來你是在擔心下半輩子過得不好啊，那如果我想辦法幫你弄一筆錢呢？」

朱欣愣了一下，她對莫克最大的不滿，就是莫克無法幫她弄到錢，讓她享受榮華富貴，現在莫克提出要幫她弄一筆錢，讓她可以過她想要的生活，如果這樣的話，她還守著這個無趣的傢伙幹什麼？

朱欣心動了一下，不過她很懷疑莫克是不是真的能弄到這筆錢。她看了看莫克，說：「你真有辦法能弄到錢？」

莫克聽朱欣說這句話，知道她心動了，這個女人啊，最終關心的還是錢！

莫克點點頭說：「你可別忘了，我是市委書記，要弄錢總是有辦法的。不過你也別太貪心，我一下子沒辦法幫你弄到很多。」

朱欣遲疑了一下，說：「莫克，你可別糊弄我。」

莫克苦笑著說：「你都把我逼到這個程度了，我還敢糊弄你嗎？說吧，你想要多少？」

朱欣說：「最少一百！沒有一百萬你別想打發我。」

莫克想了想說：「行，就給你一百萬，不過，以後不要再來糾纏我了。」

朱欣看莫克答應得這麼痛快，認為莫克可能早就計劃好了，就有些後悔要的少了，就說：「光有一百萬還不行，你跟我離婚的話，我們總不能還住在一起吧？我還要一套房子，你要給我和孩子有個安居之所。」

莫克有點惱火了，說：「朱欣，你別得寸進尺，一百萬已經很難弄到了，再弄房子，我無法辦到。」

朱欣冷笑一聲，說：「莫克，你別打馬虎眼了，你心中是不是早就有怎麼弄錢的盤算了？我跟你說，一百萬加一套房子，只要你給我，我就跟你離婚，否則這輩子你別想離開我。」

莫克咬咬牙說：「行，我答應你，你什麼時候跟我辦手續離婚？」

朱欣說：「很簡單，你什麼時候把一百萬和一套房子給我，我就馬上簽字跟你離婚。」

莫克說：「那就一言爲定了。」

朱欣爽快地說：「行，一言爲定，你趕緊想辦法去弄吧。」

莫克說：「我會去辦的，不過，我辦成了你可不要反悔，別到時候再跟我提什麼新的條件。」

朱欣說：「莫克，我朱欣雖然是個女人，但是從來都是言出必行，這一點，我們做了這麼多年的夫妻，你應該瞭解吧。」

莫克想想也是，朱欣這個人雖然有時候做事很過分，但是她說會做的事一定會做，這一點倒是信得過。

莫克便對朱欣說：「那你把束濤的電話號碼給我。」

朱欣詫異地說：「莫克，你想找束濤拿這筆錢？他剛剛爭取舊城改造項目失敗，憑什麼還拿錢給你啊？」

莫克笑說：「朱欣啊，你究竟還是一個女人！他憑什麼把錢給我，就憑我是市委書記！你以爲他費那麼多勁拉攏你，是因爲你有本事能幫他弄到舊城改造項目嗎？根本就不是，那是因爲你嫁的人是海川市委書記。是因爲我的緣故，他才會那麼巴結你。我是不願意張這個口，但只要我張這個口，他就沒有不答應的道理。行了，你直接撥電話給他吧，就說我有事要跟他談。」

朱欣便拿出手機把電話撥給束濤。

束濤接了電話，奇怪地說：「朱科長，這麼晚打電話找我，是有什麼特別的事嗎？」

朱欣這段時間都沒跟束濤有聯繫。束濤也覺得項目爭取失敗，再跟朱欣聯絡也沒什麼意思，所以也沒找過朱欣。現在朱欣突然打電話來，束濤心中十分疑惑。

朱欣看看莫克，說：「接通了，你要我跟束濤怎麼說？」

莫克手伸向朱欣，說：「你把手機給我，我來跟他說。」

朱欣就把手機遞給莫克，莫克說：「束董，我莫克。」

束濤愣了一下，沒想到這麼晚竟然是莫克找他，趕忙說：「原來是莫書記啊，您好，您找我有什麼指示嗎？」

莫克說：「束董，我想跟你私下見見面，你能安排一下嗎？」

束濤遲疑了一下，說：「行，您看什麼時間？」

莫克說：「就是現在，你說個地方，最好是不被人注意的地方，我搭車過去。」

束濤想了一下，這個時間，很多飯店、茶館都關門了，去賓館，兩個大男人反而更顯眼，莫克這種身分，又不能去夜總會之類的娛樂場所，就說了一個很偏僻的公園，然後問莫克可不可以？

莫克說：「可以啊，不過，你不要開你的車出來，你的車很多人都認識。」

束濤聽了說：「那我也搭車過去吧。」

莫克出門搭車直奔公園，海川冬天的晚上很冷，幾乎看不到一個行人。到了公園，莫克下了車，束濤從陰影中走了出來，說：「莫書記，您來了。」

莫克笑笑說：「不好意思束董，你也知道出了那些事，如果我們再被拍到，那我真是什麼話都不好說了。」

束濤說：「我明白的，莫書記，上一次也是我不好，沒注意被人盯梢了，害得您受了不少的牽連。」

莫克說：「那些事都已經過去了，不要再提了。我們往裏走一走，別站在這裏。」兩人就走到公園外一個人看不到的角落，莫克四處打量了一下，看看周圍有沒有人注意他們。

束濤笑說：「我剛才看了，這裏除了我們沒有別人。莫書記，您這麼晚找我，是有什麼事嗎？」

莫克點點頭說：「是啊，束董，我想求你幫個忙，不知道你是否願意？」

雖然競標舊城改造項目失敗，但是束濤很清楚莫克這個市委書記還是大有用處的，一個市委書記就算再沒有能力，也是這個城市的第一把手，他要幫你或者害你，都會對你產生巨大的影響。現在莫克開口求他，等於是主動把一個結好市委書記的機會放在他的面前，他自然是大喜過望。

束濤便笑笑說：「莫書記，別說幫忙這麼嚴重，您需要我做什麼，吩咐一聲就好了。」

莫克笑了，說：「束董，你可別答應得這麼輕鬆，我開口可不會是一件小事。」

束濤心說：就算你要我幫很大的忙，估計心中也一定想好如何回報我了，否則你也不敢跟我張這個嘴。既然這樣，那我還怕什麼？」

束濤便笑笑說：「什麼事您說吧，只要我能辦得到，沒二話。」

莫克開門見山地說：「那我就說了，我需要一百萬現金和一套像樣的房子，這你可以給我弄來嗎？」

束濤有點疑惑的看了看莫克，他不知道莫克要這些東西是想幹什麼，聽起來很像莫克包了二奶，難不成是想拿錢和房子安撫二奶？如果真是這樣，那給他這些，就可能得罪莫克的老婆朱欣了。

莫克看束濤露出猶豫的神色，知道他心中疑惑，但是他現在還沒跟朱欣正式辦手續，不好把他要跟朱欣離婚的事告訴別人，便說：「你別問我原因，就說能不能幫我這個忙吧？」

束濤心想：自己之所以討好朱欣，是因為朱欣是莫克的老婆，現在既然有直接討好莫克的機會，又何必去在意朱欣的看法呢？他笑了笑說：「那這房子要多大面積，權狀的名字寫誰？」

莫克覺得如果朱欣突然得到一個大房子，別人一定會懷疑這房子的來歷不正，於是想了想說：「我看一百出頭就行，至於寫誰的名字，暫且空著行不行？」

束濤說：「行啊，怎麼不行？我們公司正好開發有一百二十平米的房子，有幾套位置很不錯，我一直留著，就拿一套給您，您看行嗎？」

莫克考慮了一下，讓朱欣去住束濤開發的房子似乎有點不太好，不過等朱欣拿到房子的時候，已經跟他辦離婚了，到時候兩人互無瓜葛；而且，對一個離婚的女人，人們大概也會多一些同情心，估計沒有人會去探究房子的來歷吧。

莫克就點點頭說：「可以，這些你什麼時間能安排好？」

束濤說：「房子是現成的，就是現金要從銀行拿，需要跟銀行打個招呼，大概明天下午能辦好。」

莫克說：「那行，你辦好後給我電話，我們再約時間見面。」

束濤說：「行，您等我電話吧。」

莫克又說：「束董，謝謝的話我就不說了，這次是我給你添了麻煩，有機會，我會回報你的。」

束濤說：「您說這話就見外了，您能求我幫忙，是真心拿我當朋友，我高興還來不及呢，又怎麼會是麻煩呢？」

莫克笑了笑說：「好了，我們就不說這些客套話了，那就這樣吧。」

束濤說：「您先別急，我先出去幫你攔車，這大半夜的，地方又偏僻，車不好攔。」

莫克很滿意，心想：這個束濤還真是善解人意，這麼小的細節都能想到，難怪能把生意做得這麼大。

他也就不客氣的說：「行，你出去攔吧。」

十幾分鐘之後，終於攔到了一輛車，莫克就低著頭從暗影中上了車。

回到家，莫克開了門，看到客廳的燈還亮著，朱欣還沒睡，看來是在等他回來。

莫克就走去客廳，對朱欣說：「這下子你可以滿意了，你所要的東西我都幫你弄到了。」

朱欣臉上並沒有出現欣喜的表情，有點呆滯的看了看莫克，嘆說：「老莫，我們真要走到這一步嗎？」

莫克冷笑一聲，說：「這不就是你想要的嗎?你不就是想要錢，想要享受嗎?現在我給你弄到了，你還不滿意嗎？」

朱欣情緒低落地說：「可是，我並沒有想要和你離婚啊，老莫，要不這些東西我都不要了，我們不要離婚，好嗎？」

莫克搖搖頭，不以爲然地說：「朱欣，我們都鬧到這個程度了，你覺得我們還能在一起過下去嗎？」

朱欣懊悔地說：「我知道我前面做的是有點過分了，我跟你道歉，保證以後不再這樣了，還不行嗎？」

莫克堅決地說：「朱欣，你也是成年人了，應該知道有些事情既然做了，就永遠回不去了。現在我爲你已經違背兩次原則了，就是我也無法當作什麼事情都沒發生啊。」

朱欣急說：「可是你現在還沒有從束濤那裏拿到錢和房子啊？還來得及反悔。」

莫克失笑說：「反悔?!你當束濤跟你過家家啊？你不高興了，就可以推倒重來？現在說什麼都晚了，我勸你還是接受現實吧。」

朱欣看無法扭轉莫克的決定，也示再苦苦哀求了，說：「老莫，我看你是鐵了心準備跟我離婚了，你是不是覺得你跟我離了婚，方晶那個小婊子就會和你結婚啊？我告訴你，你別妄想了，人家的眼光高著呢，可不會看上你。」

莫克說：「朱欣，你怎麼到現在都不明白呢？我只是喜歡她而已，並沒有真的想要跟她怎麼樣。」

朱欣冷笑一聲，說：「莫克啊，你別騙我了，你心中實際在想什麼，當我不知道嗎？

如果那個婊子真的願意嫁給你，難道你會不要？」

莫克越聽越火大，說：「你別婊子婊子的，我不准你這麼侮辱她。」

朱欣嗤了聲說：「你發什麼火啊？難道我說的不對嗎？她去喜歡一個年紀比她父親都大的男人，不是婊子是什麼？莫克，我提醒你啊，那個婊子是紅顏禍水，林鈞就是跟她在一起才倒楣的，我勸你還是離她遠一點比較好，別最後也跟林鈞一個下場。」

莫克斥責說：「胡說八道！方晶絕不會這樣子的。」

朱欣冷冷地說：「我有沒有胡說八道，你心裏比我清楚，我們走著瞧吧。」說完，就自回臥室了。

莫克站在那裏呆怔了起來，朱欣的話讓他的心裏很堵。雖然他在朱欣面前不肯承認，但是他心中其實是不無渴望離了婚之後可以跟方晶在一起的，他現在仕途已經上到了一個高度，如果再能把夢中情人擁入懷中，那他的人生就完滿了。

但是莫克也不得不承認，朱欣關於方晶的有些話是說得很有道理的。方晶在北京坐擁千萬資產，他這個市委書記對方晶是沒有什麼吸引力的。而林鈞受賄被判死刑，很大一部分因素也是因爲方晶。如果方晶不去親近林鈞的話，林鈞現在也許還是風光八面的江北省省長呢。

想到這裏，莫克趕緊搖了搖頭，心說：他怎麼可以這麼去想方晶呢？方晶喜歡林鈞，那是因爲那時她還年輕不懂事，見到魅力十足的成熟男人，自然會被迷惑住。至於林鈞會出事，他最清楚是怎麼一回事，要不是他因爲嫉妒舉報林鈞，林鈞也不會出事的。

所以真正的禍水是他莫克，而非方晶！他這麼去想方晶，是很可笑的。哼，朱欣說這麼多方晶的壞話，根本就是嫉妒他愛上方晶，故意給他心中添堵的！他怎麼會上了這個惡毒女人的當呢?!

現在他的問題根本就不是方晶是不是禍水，而是方晶根本就不怎麼搭理他；他應該想辦法要怎麼才能夠擁有方晶，這才是他急需要思考的問題。

第二天下午，束濤打電話通知莫克，要辦的事情都辦好了，莫克晚上就去跟他見了面。束濤交給他一百萬現金和一份已經蓋好章、開出發票的房屋合約。當晚，束濤就把這兩樣東西和離婚協議書放到朱欣的面前。

到了這般田地，朱欣也知道無可挽回了，就在離婚協議上簽上了自己的名字，然後說：「這下你自由了，莫克。」

東海省有規定，領導幹部婚姻變動需要跟上級彙報，莫克就去找省委書記呂紀，彙報他離婚的事。

在呂紀的辦公室，莫克說：「呂書記，我個人有點事要向您彙報一下。」

呂紀現在對莫克很是反感，便沒好氣的說：「有什麼事啊？不會是你老婆又出什麼問題了吧？」

莫克苦笑了一下，說：「不是我老婆出了什麼問題，而是我準備跟她離婚，所以向組織報告一下。」

離婚？呂紀愣了一下，他沒想到莫克竟然會提出要跟老婆離婚。

他看了看莫克，說：「就因為上次被拍到的事嗎？」

莫克點點頭說：「是的，呂書記，上次被您批評了之後，我發現我老婆確實是未經我同意，私下見過那家開發商，而且大包大攬的向那家承包商許諾說能幫他們拿到項目。她這種行為已經超出了作為一個領導幹部家屬的本分，違背組織的紀律規定，也違背了我做人做事的基本原則，讓我處境十分尷尬。這樣的人，我怎麼還能繼續跟她一起生活下去呢？所以經過慎重考慮，我決定跟她離婚。」

呂紀表情嚴肅地問：「莫克同志，你老婆有收受那家開發商的好處嗎？」

莫克回說：「目前倒沒有，不過，如果是城邑集團得標，恐怕就很難避免了。」

呂紀知道，莫克如果真的離婚，所有的事，莫克都可以推到老婆身上，借此撇清自己了。這對莫克和呂紀來說都比較有利，但是對於婚姻，中國人一向勸合不勸離，他不想就此破壞一個家庭。他便說道：「那就是沒有了。既然沒什麼大的原則問題，有必要鬧到離婚這麼嚴重嗎？」

莫克臉色沉重地說：「呂書記，我心中也不想這麼做的，畢竟我們結婚這麼多年，還生了一個孩子，如果不是沒有別的選擇，我也不會做這個決定的。但是我老婆私下會見開發商，這件事情太嚴重了，給我和海川市委都造成了極爲惡劣的影響，如果我不拿出一個態度來，對上對下都不好交代。而且我老婆這個人很愛慕虛榮，我做了市委書記之後，她整個人都膨脹了起來，又是要這樣，又是要那樣的，好像我這個市委書記是爲她做的。這樣一個人以後難免還會犯跟這次一樣的錯誤，如果我再容忍下去，怕將來就很難收拾了。所以經過慎重考慮，我還是決定跟她離婚。」

呂紀並不完全相信莫克這套冠冕堂皇的說辭，他不相信莫克事先不知道他老婆私下接觸開發商的事，如果沒有莫克的授意，他老婆就是接觸了開發商也是沒用的，因爲開發商要拿到項目，莫克起著很重要的作用。

他看了看莫克，心中有些不齒莫克的爲人。這是什麼樣的男人啊？怎麼可以在出事的時候就把結髮幾十年的妻子拋出來承擔責任啊？這還是他孩子的母親，這是一個有擔當的男人該做出來的事情嗎？

不過，呂紀也無法堅持不讓莫克離婚，他心裏清楚，莫克既然已經找他這個省委書記彙報，就是做好了離婚的必要準備了，不然的話，莫克也不敢過來彙報，說不定莫克手裏已經拿到他老婆同意離婚的協議書了。

呂紀便問莫克：「那你老婆什麼意思啊？」

莫克說：「她見我心意已決，只好同意了。」

呂紀心想：這傢伙果然已經做好了萬全準備，既然人家老婆都同意了，他就更沒有必要堅持不讓莫克離婚了。

呂紀便揮揮手說：「既然這樣子，那你就離吧。不過，你要儘量安排好，可不要為了離婚再鬧出什麼波折來了。」

莫克看了看呂紀的表情，呂紀的面色很平淡，既看不出滿意，也沒有什麼不滿的表示，只好說：「那呂書記，我回去了。」

呂紀說：「行啊，回去好好工作，不要因爲離婚影響了工作。」

莫克點點頭說：「您放心，我一定不會影響工作的。」

莫克就離開了，呂紀看著他的背影，心裏暗自給莫克下了「虛僞狡詐，天性涼薄」八個字的評語。

雖然官場上從來不乏那種把利益精算到家的人，但是像莫克這種連身邊最親近的人也要算計的人，卻是很少見的。呂紀在心中暗道，把這樣一個人放到金達身邊，以後可有他好受的了。希望秀才能多長幾個心眼，對莫克多幾分提防。

北京，海川大廈，金達的房間。

已經過了下班時間，北京的冬天天黑得很早，從房間往外看去，街燈已經亮了起來。

湯言不知道從什麼管道知道金達來北京的消息，非要在鼎福俱樂部宴請金達，金達推辭不過，只好答應了。約定的時間還沒到，金達就和傅華在房間裏聊著天。

金達說：「傅華，你聽說沒有，咱們的莫書記離婚了。」

傅華愣了一下，說：「真的假的？爲什麼啊？」

金達笑笑說：「當然是真的了，我騙你幹嘛啊。省裏的朋友說，昨天莫克特別去跟呂書記彙報這件事。至於爲什麼，我想你應該能猜得到。」

傅華想了想說：「不會是因爲他老婆跟束濤見面被拍這件事吧？」

金達點點頭說：「你猜對了，就是因爲這件事，莫克說給他造成了極爲惡劣的影響，他無法繼續跟這個女人生活下去，所以提出了離婚。傅華，你怎麼看這件事啊？」

傅華不屑地說：「我們這位書記心可真夠狠的，居然拿自己老婆當作解套的工具，真是厲害啊。」

金達說：「我也覺得很出乎意料，沒想到莫克竟然把老婆當做犧牲品。你沒見過他老婆你不知道，平常他老婆可是一個很強勢的人，莫克看上去都有點怕她，沒想到在關鍵的時候，莫克竟然這麼有決斷力。」

傅華猜說：「也許他老婆並不願意離婚呢？」

金達搖搖頭，說：「他老婆同意了。我問過民政局，他們已經辦了離婚手續了。」

傅華說：「那就是兩人已經達成某種交易了。」

金達回說：「很有可能。」

「想不到莫克這麼出了名的好好先生，一出手竟然會這麼狠辣。這一點，市長您就不如人家了。」傅華開玩笑說。

傅華是指金達前段時間也出了萬菊和錢總私下往來的事，但是金達把責任都扛了下來，並沒有因此跟萬菊離婚。

金達說：「我跟你嫂子夫妻幾十年，當初可是許下誓言要做一輩子夫妻的，就算讓我不做這個市長，我也不會跟她離婚的。」

傅華說：「但是莫書記就會這麼做，人家為了政治利益，真是什麼都能做得出來。市長啊，今後您可要小心應對了。」

金達笑了，說：「其實也沒什麼應對不應對的，儘量少跟他發生衝突就是了。說起這個，有件事情我還要說你呢。」

傅華納悶地看了看金達，說：「什麼事情啊？」

金達埋怨說：「以後像天和房產那樣的事別來問我了，這次天和玩弄花招得到舊城改造項目，所有人都認爲我是幕後主使，那天我去見郭奎書記，他還把我好一頓訓呢。」

傅華笑說：「郭書記也認爲您是幕後主使？」

金達說：「那倒沒有，他只是說我變相縱容了天和這種行爲。傅華，這次丁益確實玩得有點邪門，就像是雪裏藏屍一樣，雖然當時沒有人發現，但是事後人們細想之後，一定會知道是天和搞得鬼的。回頭你替我警告一下丁益，如果他在項目建設的過程中也給我搞這一套，別說我金達對他不客氣。」

傅華替丁益解釋說：「市長，您太高看丁益了，這麼巧妙的花招他是玩不出來的。跟您說實話吧，事先丁益也不知道會這樣，這都是中天集團的林董在背後操盤的。目的很簡單，就是報復束濤之前曝光中天的財務醜聞一事。」

金達這才恍然大悟，說：「我說呢，丁益怎麼突然變得手腕高超了起來，原來是林董在背後搞的鬼啊。」

傅華又提醒說：「這件事等於壞了莫克的好事，甚至是逼莫克走上離婚的主因。市長，既然很多人都認爲您是幕後主使，估計莫克也不會例外的。」

金達苦笑了一下，說：「事情已經這個樣子啦，他就是要把帳算在我頭上，我也沒辦法，我總不能去跟他解釋說我沒做這件事吧？何況就算解釋，他也不會相信的。」

傅華說：「解釋就沒必要了，您要小心他報復您就是了。」

金達說：「我會小心的。我已經知道他這傢伙的套路了，他搞的這些花樣，我心裏早有數啦，只要小心應對，應該不會有什麼問題的。時間也差不多了，我們出發吧，不要讓湯言等我們。」

兩人就出發前往鼎福俱樂部。

湯言和方晶早已在大廳裏等著了。傅華發現這次湯言對金達的應度很謙和，看來這傢伙對真正有本事的人還是很尊重的。

湯言又介紹方晶給金達認識，不但說明方晶是鼎福俱樂部的老闆，還說方晶也是新和集團的股東之一，也有參與海川重機的重組。

金達這幾年在官場上也見識過不少有本事的人，對方晶這麼年輕就坐擁巨富倒沒有感到什麼驚訝，笑著跟方晶握了握手，說：「感謝方老闆對我們海川重機的支持啊。」

湯言在一旁又說：「市長，您知道嗎，方老闆在海川還有一位熟人呢。」

湯言之所以這麼說，是擔心金達不知道方晶和莫克的關係，萬一等會兒在方晶面前說莫克什麼壞話就不好了。

金達看了看風情萬種的方晶，笑笑說：「不知道是哪位啊？」

方晶笑說：「湯少指的是莫書記，他是我在江北省政府時的上級。」

金達訝異地說：「原來是這樣子啊，那方老闆有時間真要去我們海川走走了。」

方晶回說：「我倒真想去看看，不過這個行業特別磨人，我還真是騰不出時間來。」

一行人去餐廳用餐，湯言故意埋怨說：「市長，您可真是不夠意思啊，怎麼說我們在海川也算是有點革命情感吧，怎麼來北京也不跟我說一聲，是不拿我當朋友？」

金達笑說：「我怎麼會不拿湯先生當朋友呢？我還指望你拯救我們的海川重機呢。主要是不想給你添麻煩。」

湯言說：「市長這話就見外了，朋友是什麼，不就是相互麻煩的嗎？」

金達笑了笑說：「看來是我做的不對了，來湯先生，這杯我敬你，當賠罪啦。」

湯言笑說：「市長，可沒賠罪這一說，我知道您不來找我也是好意，這杯我敬你，作爲地主，我歡迎你來北京，希望以後您再來北京，記得還有我湯言這號朋友。」

金達趕忙回說：「這話說得我都不好意思了，以後我來北京一定少不得麻煩湯先生。這杯酒也不要說誰敬誰了，大家一起喝吧，好不好？」

「行，就聽市長的。」

兩人就碰了一下杯，然後一飲而盡。

湯言又給金達倒上了酒，高興地說：「市長，這杯酒是爲了慶祝我們的合作終於可以展開了。」

金達也很高興地說：「經歷了這麼多事，海川重機終於可以步上軌道了，我也很欣慰，來，預祝我們合作成功。方老闆，你也是新和集團的股東，大家都一起吧。」

方晶端起酒杯，說：「讓我們一起預祝重組成功。」

四人就共同舉杯，然後把杯中酒給乾了。

喝了酒，氣氛就開始熱了起來，湯言喝了兩杯酒，有點興奮，開始大談他對海川重機重組的想法，金達微笑著聽著，不時還插上幾句話，看上去對湯言說的很有興趣。期間方晶和湯言又敬了金達幾次，氣氛很是融洽。

吃完飯，湯言說：「市長，賞光去我的包廂坐一下吧？」

金達跟湯言也有些聊得意猶未盡，就說：「那我就跟湯先生開開眼界吧。」

一行人就去了湯言的包廂。進包廂後，湯言對方晶說：「老闆娘，把你的路易十三開一瓶吧？」

方晶笑說：「湯少，你今天可真夠大方的啊。」

湯言說：「市長來了，應該的嘛。」

金達在一旁聽了說：「湯先生，開這麼貴的酒就沒必要了吧？」

湯言很豪氣地說：「好酒就是要跟好朋友喝，今天一定要喝路易十三。」

方晶就讓服務員去開了一瓶路易十三送了過來，湯言給金達斟上了酒。

公關經理這時領著幾名很漂亮的小姐走了進來，湯言看著金達的表情，看金達是否會拒絕讓小姐陪伴。

金達並沒有推拒，很有禮貌地幫坐在他旁邊的小姐添了酒。

湯言笑說：「市長，我喜歡你這個人，真性情，不像某些人假門假事的。今後來北京一定要找我啊。」

湯言指的是莫克上次來俱樂部，明明是來玩的，卻裝正經不讓小姐陪，搞得那天氣氛很尷尬。

金達笑說：「好啊，到時候少不了麻煩你了。來，湯先生，我們喝酒。」兩人各喝了一口酒，接著聊起天。

傅華看金達沒有拒絕小姐作陪，他也就逢場作戲，讓小姐坐到了身邊。

方晶在旁邊不時跟傅華聊上幾句，過了一會兒，兩人沒什麼話好說了，那邊湯言和金達卻聊得正熱鬧，方晶就站起來，伸手向傅華說：「傅華，我有沒有榮幸請你跳個舞啊？」

傅華稍稍猶豫了一下，不過隨即就站了起來，這時候他如果拒絕方晶，就太煞風景了，會讓整個包廂的氣氛很尷尬。

傅華接過方晶柔嫩的小手，方晶靠了過來，他馬上就聞到一股好聞的幽香，心中不免有些緊張，身子也不自覺地僵硬了起來，他從來沒想過會這麼近距離接觸方晶。

方晶帶著傅華悠然起舞，傅華心神有些恍惚，彷彿從嘈雜的塵世來到另外一個寂靜的空間，這空間中沒有別人，只有他和方晶，他被帶到時間之外，一切都靜止了，好像在幻覺中一樣。

一曲終了，傅華還有點意猶未盡，方晶調皮的在他手心裏搔了一下，他才從沉浸的舞曲氛圍中醒了過來，恍惚的笑了笑說：「方晶，你的舞跳得真不錯。」

兩人又坐了下來，傅華為了緩解剛才的尷尬，就沒話找話的說：「方晶，你知道嗎，莫書記離婚了。」

方晶看了傅華一眼，說：「你跟我說這個幹什麼，莫克離婚關我什麼事啊？」

傅華也笑了，說：「是呀，還真是沒什麼關係。」

方晶笑笑說：「是不是你們市長在這兒，你有點緊張啊？」

傅華說：「也沒有，剛才有點恍神而已。」

方晶說：「你不用那麼緊張，你們這個金市長還真是不錯的一個人，他雖然並沒有拒絕湯言安排的陪伴小姐，但是這一晚他只是很紳士的幫小姐倒倒酒，跟小姐並沒有什麼接觸，有小姐和沒有小姐差不多，但是他這樣就比莫克高明多了，起碼氣氛不用那麼尷尬了。」

四人又聊了一會兒，金達就站起身來告辭，說明天一早就要飛回海川，想要早點回去休息。

方晶和湯言一起送金達和傅華出去。在湯言跟金達相約在海川完成海川重機重組的簽約一事之後，一行人就此分手。

傅華開車送金達回駐京辦，一開始金達似乎喝得有點多，坐在車上閉目養神。車子裏很安靜。

車子開出去一段時間後，金達突然說：「傅華，今天晚上這個方老闆，就是那個通知你莫克在背後調查你的朋友吧？」

傅華說：「是啊，莫書記就是向她打聽問我的情形的。」

金達笑笑說：「這個方老闆真是很漂亮啊，傅華，你很有女人緣啊。」

傅華愣了一下，金達似乎話裏有話，他感覺金達也認為他在北京風花雪月了，趕忙解釋說：「市長，你誤會了，我跟她只是朋友而已，沒有別的。」

金達說：「是嗎？我怎麼覺得沒那麼簡單啊，看你們一起跳舞的那個陶醉勁，不知道的人還以為你們是情侶呢。」

傅華苦笑說：「市長，我真的沒有。」

金達正色說：「有沒有你心裏清楚，傅華，我跟你說這些並不是要怎麼樣，男人見到漂亮女人有點忘情也很正常，不過我要提醒你，這個女人是跟莫克有關聯的，對她，你要小心一些，可別打不著狐狸反惹一身騷。」

傅華叫苦說：「市長，我也就是跟她跳了支舞而已，你需要這麼提醒我嗎？」

金達說：「我看很需要，現在鄭莉大著肚子，這時候是一個男人最容易出軌的時候，我不提醒你一下，怕你真的犯什麼錯誤就不好啦。」

傅華立刻保證說：「您放心，我一定守得住自己的。」

話雖這麼說，傅華其實心中也有點不自信，剛才跳舞的時候，他確實有點靈魂出竅的感覺，話說他從來還沒對方晶有過這種感覺，難道真的是因爲鄭莉懷孕，他們很久沒親熱的關係嗎？

傅華心中暗自警告自己，千萬要把持住，不能再這樣心猿意馬了。

第七章

兵行險招

現在莫克想見孟副省長的消息已經放了出去，不知道孟副省長會是什麼反應？對莫克來說，這確實是兵行險招，他也知道突然通過關係去拜訪孟副省長，很有轉換山頭的嫌疑，呂紀如果知道了，一定不會放過他的。

鼎福俱樂部這邊，送走傅華和金達之後，方晶並沒有回包廂，而是去了自己的辦公室。剛坐下來，手機響了，看看號碼，是馬睿打來的，方晶的臉色沉了下來。

自從上次她想找馬睿卻被馬睿拒絕了之後，她就再沒跟馬睿聯繫過了。雖然相隔的時間不久，但她卻感覺她跟馬睿的這段關係就好像是很久以前的事了。

等了一會兒，方晶才接通電話。

馬睿不高興地說：「你在忙什麼呢，怎麼這麼久才接電話？」

方晶說：「剛才有朋友在這裏，我怕接了電話會影響到你啊。」

馬睿覺得方晶的解釋倒也合情合理，就說：「哦，是這樣啊。晚上去你那兒方便嗎？我想過去。」

方晶心說：你把我當什麼啊，想要就來，不想要了，就一腳踹到一邊去？就是婊子，你想得到她也要哄哄她吧？

方晶就不想見馬睿了，她說：「不好意思啊，我晚上不方便。」

馬睿意識到有些不對，遲疑了一下說：「方晶，我們好像很長一段時間沒聯繫了，你是不是生我的氣了？上次的事我跟你解釋過了，那時候我在家裏，沒辦法啊。」

方晶笑笑說：「沒有，我晚上真的不方便。」

馬睿不放心地說：「我怎麼覺得你怪怪的，是不是你遇到喜歡的男人了？」

不知道怎麼了，方晶腦海裏竟然不自覺地浮現出傳華的臉，這怎麼可以啊，傳華可是有家庭的人。

方晶使勁地搖了搖頭，把傳華的臉從她的腦海中趕出去，這才說：「瞎說什麼啊，有了我會告訴你的。我今天真的不方便，就這樣，我掛了。」說完，也不等馬睿說什麼，就收線了。

放下手機後，方晶忽然覺得自己的舉動很好笑，這麼慌張幹什麼，難道自己真的喜歡上傳華了嗎？不能吧？

方晶在心中自己跟自己抗爭著，以她以前找男人的標準，傳華無論從哪個角度來說都夠不到她的標準的。她方晶是什麼人啊，上天給了她漂亮的面孔，魔鬼的身材，加上她擁有的財富，眼高於頂是自然的，傳華絕不是她的菜。

但是，爲什麼此刻想起他來，她竟然有些小鹿亂撞、意亂情迷的感覺呢？難道她真的喜歡上傳華了？老天爺，這太詭異了吧？

這絕對不行，更別說傳華現在是有老婆的。從林鈞殞命的那一刻起，方晶在心中就下了一個決定，她這輩子再也不想去愛上一個有婦之夫了。

但是現在，她好像有點身不由己。傳華是什麼吸引了她？也許就是那種隨性吧。

現在社會人心浮躁，人們想的做的都是怎麼樣賺錢，怎麼樣發達，怎麼樣做大官，已經很難看到那種不急於功名利祿的人了。然而傅華給了她另外一個視野，在他身上，感受不到都市人的那種蠅營狗苟，讓她意識到：賺那麼多錢有什麼用，錢不過是死物，生不帶來死不帶去的，她手裏的資產只用於生活的話，幾輩子都花不完，她是不是該放鬆一下緊繃的心，把更多的時間放在享受人生上呢？

方晶暗自搖了搖頭，暗道：傅華，你這傢伙真是害人啊，把我的心撩撥得癢癢的，自己卻躲到一邊擺出一副不理人的態度，這不是存心看我難受嗎？

可是，他真的沒有對我動心嗎？應該不是吧，看今天他跟我跳舞時那個癡迷的樣子，他一定多少也動了心！呵呵，你這傢伙，裝得跟什麼似的，差一點就騙過我了。

看到朱欣拿著空白合約來城邑集團辦權狀手續，束濤有些意外，說：「朱科長，這房子原來是爲你準備的啊？」

朱欣苦笑說：「束董，這可都是你害我的，我被我們家老莫掃地出門了，這房子是他給我的。」

束濤尷尬地說：「朱科長，對不起啊，我也沒想到會是這種結果。」

朱欣搖搖頭，說：「算了，事情已經這樣了，說對不起也沒什麼用了。束董，你看這些手續需要我怎麼辦？」

東濤不敢因爲朱欣跟莫克離婚了，就不拿朱欣當回事，他趕忙說：「這簡單，我來幫你辦好了，回頭辦好了，我給你送去。」

朱欣也沒什麼心情再跟東濤閒聊，就把文件資料交給東濤，就離開了。

東濤送走朱欣，將文件資料交給屬下，讓他去辦理，然後心中盤算著：莫克要求的東西，他都已經兌現了，現在是不是該想想要他幫自己辦點什麼事了？

東濤正在想著，孟森匆匆忙忙的跑了來，說：「東董，我剛聽到一個消息，說是朱欣跟莫克離婚了，你知不知道這件事情啊？」

東濤笑說：「我知道，他們確實離婚了。」

孟森感嘆說：「想不到竟然是真的，這個莫克還真是心夠硬的，竟然能跟老婆離婚。東董，這次我們把朱科長害得夠慘了。」

東濤不高興地說：「孟董，你這話我就不愛聽了，我們什麼時間害過她啊？這事又不是我們逼她做的，她是自己願意這麼做的，有什麼後果自然也是應該由她自己承擔。」

孟森卻不以爲然，說：「東董，你這麼說就不夠仗義了吧，人家朱科長可是什麼都沒得到，畢竟是我們先找上她的。」

東濤搖搖頭說：「孟董，我們仗義什麼啊？我們爲了爭取這個項目，付出了不少的代價，自己還苦不過來呢，你就別去操心她了好不好？」

「也是啦，舊城改造項目我們沒拿到，你還好，還有別的工程支撐，我的夜總會現在還在停業狀態，等於沒有了進項，下一步還不知道要怎麼辦呢，當初我真不該聽你的，加入這個戰局的。」孟森發著牢騷說。

束濤說：「孟董，你不會被這麼點小事就難住了吧？男子漢大丈夫，做了可就別後悔啊。」

孟森說：「我也不想後悔，可是我現在坐吃山空，束董是不是可以給我指點一條生路，讓我好吃飯呢？」

束濤說：「路子是有的，你的夜總會既然開不下去了，就跟我合作搞工程吧。」

孟森說：「搞工程我是願意，可是，我們現在也沒什麼項目好操作啊？」

束濤露出神秘的笑容說：「要想拿項目很容易啊。」

孟森不解地說：「束董，我不知道你的樂觀是從哪來的，很多人都知道我們拿項目失敗，這時候誰還敢幫我們爭取啊？沒人幫我們爭取，我們就根本拿不到什麼項目的。」

束濤笑說：「誰跟你說沒人幫我們啊？我們不是還有一個莫克嗎？」

孟森愣了一下，說：「莫克？他會幫我們？束董，你可是真會開玩笑啊，他要是會幫我們，也不會跟朱欣離婚了。」

束濤大笑了起來，說：「孟董啊，有些時候你還真是天真的可愛，你以為莫克跟朱欣離婚是因為他講原則嗎？」

孟森納悶地說：「不是講原則又能是什麼啊？」

東濤不恥地說：「笑話！講個狗屁原則，莫克講原則那都是表面功夫，唬弄老百姓的。說到底完全都是他的政治盤算。」

孟森不解地說：「我還是不太明白。」

東濤說：「這個道理我一說你就明白了。那些被拍到的照片，都是我跟朱欣見面的照片，如果莫克不跟朱欣離婚，人家自然把他們夫妻看做是一體的，朱欣的行為便代表著莫克的行為，莫克就會被認為是授意朱欣這麼做的幕後黑手。但是如果莫克跟朱欣離婚了呢？」

孟森一拍腦袋說：「我明白了，莫克如果跟朱欣離婚了，朱欣的行為就會被認為是背著莫克做的，莫克就不需要負上這個責任了。媽的，這傢伙算盤打得可真夠精的。」

東濤笑笑說：「是啊，說不定莫克早就厭倦朱欣了，正好借此機會把朱欣甩掉呢。」

孟森聽了說：「朱欣確實長得不怎樣，又老，我要是莫克也會想換換人的。不過，朱欣應該不會就這麼甘心被莫克甩掉，那個女人也不是什麼善類，一看就是很難對付的樣子。」

東濤說：「是啊，她是不好對付，不過，拿到她要的條件就好對付了。」

孟森奇怪地看了看束濤，說：「束董，是不是你做了什麼？」

束濤點點頭，說：「前幾天，莫克開口跟我要一套房子和一筆錢，我給了他。一開始我還以爲是他要給二奶的呢，現在知道他是用來打發朱欣的。剛剛朱欣就是來辦那套房子的證件。」

孟森笑說：「束董啊，還是你老謀深算，我說你怎麼這麼氣定神閒呢，原來是早有後招了。說吧，你準備找莫克要什麼項目來做？」

束濤說：「你別急，我心中還沒想好跟莫克要什麼呢。剛出了那段事，一時之間恐怕莫克也幫不了我們什麼大忙。」

孟森點點頭，恨恨地說：「這倒是，這次我們真是被丁益和伍權這倆小子給整得不輕啊。」

束濤看孟森一副發狠的樣子，瞪了他一眼，說：「你想幹什麼？這時候你可別給我鬧事啊。上上下下都知道我們剛被這倆人給整了，如果這倆小子真是出了什麼事，所有人懷疑的目標一定是我們。你大概不會忘記當初伍弈出事，緊接著鄭勝就被抓的事吧？」

當初伍弈跟鄭勝爭奪項目，結果被伍弈狠狠的耍了一下，鄭勝因此買凶殺了伍弈，鄭勝也因此被警方盯上，後來送了性命。海川一下子失去兩個有力的人物，各方勢力重新洗牌，孟森也因爲這樣才獲得出頭的機會，一躍成爲海川地下勢力的大哥級人物。

因此這件事孟森自然不會忘記，他笑了笑說：「我當然沒忘。好吧，既然東董說了，我就暫且放過這倆小子，不急著送伍權去見他爹了。誒，東董，你沒查一查，爲什麼我們的方案會被泄露出去啊？」

東濤說：「我問過北京的設計公司了，設計公司說他們也不清楚是怎麼回事，內部調查後，也沒發現什麼人洩密，反正是件無頭公案。」

孟森說：「那我們起碼可以告對方剽竊吧？」

東濤說：「那邊的公司說因爲這個方案是參加招標用的，並沒有到智慧財產權部門做備案，要告對方很難。這件事我全盤想了一下，伍權和丁益那倆人絕沒這麼聰明，這件事一定是另有高人做的。」

孟森詫異地說：「誰啊？」

東濤說：「中天集團姓林的！我越來越覺得這個姓林的不簡單，上次我們把他的財務醜聞曝光之後，那個幫我們竊取資料的財務經理，和我們在北京的朋友不久就先後出事，而且還做得很巧妙，讓人懷疑不到姓林的。現在想想，可能都是這個姓林的在背後操作的，目的就是報復我們。孟董，我們惹到狠角色了，我想如果不是我們離北京比較遠，我們也會被他做了的。」

孟森懷疑地說：「姓林的有這麼厲害？」

束濤說：「那個姓林的也是白手把中天集團發展起來，然後才搬到北京去的，如果他沒兩下子絕做不了那麼大的事業，更不可能在北京立穩腳跟，我想這傢伙手頭一定養了一幫什麼人。上次我們讓中天集團上市失敗，等於是斷了他一條很大的財路，他一定對我們恨之入骨，想報復我們也很正常。我之所以不想深究下去，也是怕再惹了姓林的。這傢伙比我們還狠，我們惹不起。丁益和伍權你也不要去招惹他們了，這次就當我們打和了。」

孟森雖然是好勇鬥狠的人，但是對林董這種過江強龍，並非沒有忌憚，便說道：「既然這樣，就暫且便宜這倆小子了。唉，束董啊，我們最近做什麼都不順利，真是有點流年不利啊。」

束濤點了點頭，說：「是啊，看來改天該再去無煙觀一趟，找無言道長給我們好好看看了。」

孟森暗自好笑，束濤還那麼迷信無言那個殺豬的，他也不去拆穿，笑笑說：「要去你去吧，我就免了。你在這兒忙吧，我回去了。」

孟森走後，束濤想了一下，抓起電話打給莫克。他想試試莫克的口風，看看莫克打算怎麼回報他。

莫克接通了電話，束濤聽莫克似乎心情很愉快，看來這傢伙甩掉了朱欣，恐怕正在偷樂著呢。

柬濤說：「是這樣的莫書記，要向您報告一件事，剛才朱科長到我這兒來，在我們這邊買了一套房子，我已經安排人幫她去辦手續去了。」

莫克笑笑說：「柬董，我跟朱欣已經離婚了，今後就是互不相干的兩個人，她的事你就不用跟我報告了。」

柬濤說：「原來是這樣啊，那給您添麻煩了。」

莫克說：「也沒添什麼麻煩了，說起來，我們都是海川的一分子，你們城邑集團是海川的重量級企業，我是海川市的市委書記，大家都想海川能發展好，今後遇事可要多交流一下意見啊。」

柬濤聽了說：「那是那是，我們城邑集團也很願意多聽取莫書記的指示。」

莫克釋出善意說：「柬董，我就看不上某些領導，他們老是帶著有色眼鏡看待下面的一些企業，我對所有的企業一視同仁，也歡迎這些企業能夠蓬勃發展。企業發展了，我們海川市的經濟才能發展嘛。」

莫克的話，所謂的「某些領導」很明顯就是指金達。莫克的意思是跟柬濤強調，他們不但是利益上的共同體，而且還有著共同的敵人。

雖然柬濤跟莫克見過幾次面，但是從來沒討論過金達。柬濤跟金達的矛盾由來已久，早就對金達很有意見了，現在看來莫克似乎也對金達有些看法。

束濤笑笑說：「是啊，現在像莫書記這麼支持企業、這麼開明的領導真是不多。有時候我就奇怪，明明我們城邑集團爲海川市做了那麼多的貢獻，繳了那麼多稅，爲什麼有些領導就是不待見我們呢？」

莫克安慰說：「這種人終究還是少數的，總有一天他們會意識到他們是錯的。」

束濤諂媚地說：「如果我們市的領導都能像您一樣對我們這麼支持就好了。」

莫克說：「企業和市裏本該互相支持的。誒，束董，我對城邑集團有一點小小的看法，不知道當講不當講啊？」

束濤笑笑說：「看您這話說的，您的意見對我們來說就是真知灼見，我們是求之不得啊。您說，我洗耳恭聽呢。」

莫克說：「真知灼見談不上，一點粗淺的看法而已。我覺得城邑集團的業務視野老是停留在海川是不對的，尤其是像舊城改造項目這種大項目，誰都想要，爭起來就不一定誰能爭到了。」

束濤立即說：「莫書記說的真對，這種項目確實是大家都打破頭在爭。」

莫克接著說：「其實海川這幾年，周圍縣市經濟發展的也很不錯，束董大可把視野往外放一放，這些周邊縣市有很多機會。加上城邑集團是我們海川數一數二的地產開發企業，名聲響亮，如果能把業務放到周邊縣市，拿到項目的機會一定會很大的。」

束濤馬上就聽懂了，莫克這是在點撥他把業務放到外縣市去，海川市區的項目太過顯眼，莫克不方便出面幫城邑集團爭取，但是在下面的縣市，一個市委書記的話可就有用的多了，莫克如果開口，城邑集團一定能夠拿到項目的。

束濤說：「莫書記真是一語驚醒夢中人啊，您這麼一說，我才發現我的思路真是太狹隘了，原來我放棄了那麼大一塊市場啊。真是謝謝您了，您這是給我們指明了新的經營方向，回頭我馬上部署人員去考察周邊縣市的項目，相信一定會有很好的成績的。」

莫克笑說：「束董言重了，我只是提供一點小小的建議而已。希望你們企業能夠有一個長足的發展。如果你到周邊縣市有什麼困難的話，我可以幫你們協調一下。」

束濤立即說：「那我先謝謝莫書記了。」

莫克笑笑說：「謝什麼啊，大家都是爲了海川經濟發展嘛。那就這樣吧。」

束濤說：「那謝謝您了，再見。」

束濤說完再見，等莫克掛斷電話，莫克卻遲疑了一下，又說：「束董啊，我突然想起一件事來，跟你很熟的那個孟森，是不是跟省裏的孟副省長關係很不錯啊？」

束濤愣了一下，這傢伙爲什麼突然問起孟副省長來了？他是什麼意思呢？莫克是呂紀用起來的人，該不是莫克在呂紀那邊失寵了，所以想改換門庭？

束濤回說：「是啊，他們關係很不錯。您問這個是？」

莫克笑笑說：「是這樣的，我原來一直在省委工作，對省政府的一些領導都不是很熟悉，很想有機會能夠跟他們熟悉一下，不知道這件事，孟森能不能幫我安排？」

束濤心中有點怪怪的感覺，難道莫克真的是想換棵大樹嗎？

呂紀和鄧子峰都是從外地調來東海的，算是空降派；孟副省長則是從基層一步步幹起來的東海人，算是本土派的代表人物。現在這個被空降派用起來的人，卻說想要和本土派的代表人物熟悉一下，這裏面的意味十分耐人尋味。

束濤認為莫克一定是在呂紀那裏受了委屈，才會想從孟副省長這邊尋求支持。但是這種行為很危險，等於是在玩火，稍有不慎，就會惹火燒身的。

束濤很猶豫是不是要引薦莫克去見孟副省長，莫克這種做法如果被呂紀知道了，呂紀馬上就會認為莫克這麼做是一種叛變，一定會被呂紀打入另冊的，那他這個市委書記的位置保不保得住就很難說了。

束濤覺得莫克有點自亂陣腳，就算呂紀給你委屈受了，也不能馬上就去找別的靠山投靠啊。別到時候新的靠山沒靠上，卻得罪了舊的靠山。

束濤剛剛搭上莫克，還沒發揮作用呢，自然不想看莫克倒楣。不過束濤不好直接拒絕莫克，就想暫且拖延一段時間再說，也許過了這段時間，莫克冷靜下來，就不會再提這件事了。於是委婉的說：

「莫書記啊，這個我還真是不好馬上就答覆您，畢竟是孟森跟孟副省長熟悉，而不是我，您能不能等我去問一下孟森？等問過他，我再給你答覆。」

莫克倒是沒有介意，說：「這是應該的。行，你問過他再給我電話吧。」

莫克掛了電話，現在他想見孟副省長的消息已經放了出去，不知道孟副省長會是什麼反應？

對莫克來說，這確實是兵行險招，他也知道突然通過關係去拜訪孟副省長，很有轉換山頭的嫌疑，呂紀如果知道了，一定不會放過他的。

但是莫克又不得不這麼做，因爲他感受到呂紀對他態度的轉變，不再像以前那麼信賴他了，而且產生很大的反感。癥結應該是在他跟朱欣離婚這件事上，莫克注意到他向呂紀彙報時，呂紀看他的眼神就有些異樣，這讓他意識到操作離婚的事並沒有幫他加到分，效果卻可能適得其反。

莫克思索問題究竟出在哪裡？是他跟朱欣離婚的理由不夠正當？還是呂紀看穿了他想把責任都推在朱欣身上的企圖？但是一一細想下來，莫克覺得他做的並沒有什麼漏洞啊，每個細節都按照他預想的展現出來，那爲什麼呂紀還會這麼不高興呢？

這個問題困惑了莫克一天，直到第二天早上他起床去上班的時候，才突然想到了癥結所在。

問題的癥結並不在於他表現的有沒有漏洞，而在於他提出離婚這個行爲本身，跟他以往塑造的好人形象是大相徑庭的。所以讓呂紀十分詫異，認爲這兩個形象之中，必然有一個是僞裝出來的。

這犯了呂紀的大忌。雖然官場上，大家都在僞裝自己，但是大家都討厭僞裝的人。呂紀看穿了他的僞裝，他的形象在呂紀心中一定是越發負面了，因而更加擔心呂紀會讓金達取他而代之。

既然呂紀已經出現靠不住的跡象，莫克就很想找一個能靠得住的人幫他保住好不容易才得來的市委書記的職務。這時候他想到了孟副省長。雖然孟副省長沒有順利的接任省長，但是他的影響力卻仍不可小覷。

這也就是爲什麼莫克明知這是一招險棋，卻還要通過孟森接觸孟副省長的原因。他這個海川市委書記的位置還有利用價值，此時找上門去，孟副省長應該會接納他的。

束濤琢磨了半天，要不要幫莫克放到孟副省長這架戰車上？這麼做有利有弊，一時很難分出利和弊哪一邊會大一點。不過既然莫克開口了，不知會孟副省長一聲也不好，束濤就打電話給孟森，說了這件事情。

孟森說：「那我先跟孟副省長說說，看孟副省長是怎麼個意思。」

孟副省長聽了後，笑說：「莫克想見我？怎麼，他不怕開罪他的主子呂紀了？」

孟森說：「我和東濤也搞不太懂，莫克也沒講原因，只說想跟您熟悉一下。」

孟副省長笑笑說：「不用講原因，肯定他是在呂紀那兒吃癟了，才想投靠我的。」

孟森問：「那您想怎麼辦？見還是不見他？」

孟副省長嗤了聲說：「我見他幹什麼啊，這傢伙是個十足小人，爲了卸責，竟然把老婆都給離了，這種人太卑鄙了。現在他需要用到我才找上我的，將來他用不到我的時候，說不定也會像背叛呂紀一樣背叛我的。」

孟森聽了說：「那我就回了他，說您不見他？」

孟副省長遲疑了一下，說：「別這麼回，這等於讓他成了我的敵人，有這種小人做敵人可不是件好事啊。」

孟森便問：「那我該怎麼說？」

孟副省長想了一會兒說：「你這麼跟他說吧，就說最近省裏在籌備兩會，要開的會議很多，我一時難以跟他見面。不過我對他想要見我感到很榮幸，也很想跟他熟悉一下，等忙過了這段時間，再來安排吧。」

孟森笑說：「您的意思是先穩住他？」

孟副省長說：「是啊，先穩住這傢伙再說吧。」

孟森回說：「那行，我就這麼跟他說了。」

孟森掛了電話，孟副省長冷笑了一聲，心說：莫克這傢伙真是夠傻了，竟然把腦筋動到我頭上了！他沒看到我現在不能跟呂紀直接衝突嗎？我現在的對手是鄧子峰，擺平一個鄧子峰對我來說已經很困難了，如果再加一個呂紀，那我可真要吃不了兜著走了。

對孟副省長最好的局面是，能讓呂紀和鄧子峰有所衝突，他好從中漁利。但是目前看來，鄧子峰和呂紀之間並沒有出現這種苗頭。

鄧子峰這個人也很狡猾，知道自己在東海沒什麼根基，所以到東海後，什麼事情都唯呂紀馬首是瞻。短時間這兩人基本上是沒有直接衝突的可能了。所以比較理智的做法是，自己暫時也像鄧子峰一樣夾著尾巴做人，甚至在某種程度上還要幫忙鄧子峰。

孟副省長最近在做的工作，就是在協助鄧子峰準備東海省的政府工作報告，這一次鄧子峰將通過人大的選舉去掉代字，正式成爲東海省的省長。

他要讓鄧子峰的勢力坐大，坐大到可以抗衡呂紀的程度，到那時候才會有好戲看。

北京，海川大廈，傅華辦公室。

傅華接到方晶電話，方晶問：「傅華，如果我請你吃飯，當然不是在鼎福俱樂部，你來不來啊？」

傅華上次已經被金達警告過不要太接近方晶，他自己也覺得有點被這個女人吸引，自己便有了警惕。他可不想跟方晶鬧出什麼花邊新聞來，可是也不好什麼理由都不說就拒絕，於是說：「就請我一個人嗎？」

方晶笑笑說：「當然不是了，帶上你老婆一起來。」

原本傅華打算方晶如果只請他一個人，他就會推說不太方便然後拒絕，沒想到方晶請的是他們夫妻，這讓他有些意外，也讓他覺得也許是自己想太多了，方晶並沒有要誘惑他的意思。

傅華不好意思回絕，問說：「那吃什麼啊？」

方晶笑笑說：「法國人講，不帶字母R的月份不吃牡蠣。現在是帶字母R的月份，當然要吃牡蠣了。我知道一個地方剛來一批上好的貝隆牡蠣，怎麼樣，帶你老婆一起來品嘗一下？」

貝隆牡蠣是世界上最頂級的牡蠣之王，咬感脆爽，有特殊的香氣，金屬味明顯，所以又有「銅蠔」之稱，是老饕心目中的極品。

傅華笑說：「怎麼突然想起請我吃這麼高級的東西啊？」

方晶說：「也不是突然想起來的，上次你請我吃你們的海蟹，我總想回請你一次，正好牡蠣也是海鮮，一個還一個，可以吧？」

傅華聽了，開玩笑說：「那我可賺到了，我們的海蟹雖然好吃，卻沒有貝隆牡蠣那麼昂貴呢。」

方晶笑笑說：「行了，別廢話了，帶你老婆來就是了。」

傅華就打電話給鄭莉，說有朋友要請客吃貝隆牡蠣，讓鄭莉一起去。

鄭莉卻說：「不行啊，我今晚約了人了，你自己去吧。」

傅華愣了一下，說：「是一個女性朋友請客，你不去，那我也不去算了。」

鄭莉不以為意地說：「別這樣，人家請你你就去吧，我不會介意的，不然晚上你還得找地方吃飯呢。去吧去吧，別忘了回家就是了。」

鄭莉這麼說，傅華便說：「那我就自己去啦。」

第八章

金玉良言

無言道長看了看朱欣，心中也有些同情她。便又裝模作樣的掐算了一下，說：

「施主啊，我說句話，可能你不愛聽。」

朱欣看了看無言道長，說：

「道長，你的話對我來說都是金玉良言，我怎麼會不願意聽呢。您請說。」

晚上，傅華去了約好的飯店，方晶見傅華一個人來，愣了一下，說：「誒，你老婆呢？」

傅華說：「她晚上有事，來不了。」

方晶有點遺憾地說：「我一直沒見過你老婆，還想今天能有機會看看她是什麼樣的一個美人呢。」

傅華笑了，說：「我老婆可算不上什麼美人。」

方晶說：「誒，傅華，這話小心被你老婆聽到啊。」

傅華笑笑說：「當她面我也敢這麼說的。我老婆並不是多漂亮，她吸引我的是她身上那種氣質。」

兩人就進了一個雅間，服務員送來開好的貝隆牡蠣。

方晶說：「傅華，你知道我爲什麼喜歡牡蠣嗎？」

傅華搖了搖頭，說：「這裏面有什麼說法嗎？」

方晶笑笑說：「你看沒看過美國人費雪寫的一本書《寫給牡蠣的情書》？」

傅華想了想，說：「還真沒看過。」

方晶說：「你還真孤陋寡聞。我告訴你吧，我就是看了那本書才喜歡上牡蠣的。我記得開篇第一句，是引用了狄更斯《聖誕頌歌》中的一句話，像牡蠣一樣，神秘、自給自足，而且孤獨，我心裏當時就想，這不就是在說我嗎？」

傅華開玩笑說：「你是不是也像貝隆牡蠣這麼可口啊？」

方晶笑說：「你嘗嘗不就知道了嗎？」

傅華臉騰地一下紅了，意識到他隨口開的一句玩笑，似乎帶有曖昧的暗示。傅華咳嗽了一聲，藉以掩飾自己的尷尬。

方晶有趣地說：「哎呀，我跟你開玩笑的啦，不用嚇成那個樣子吧?幸好今天你老婆沒來，來了的話，這一刻你是不是已經鑽進桌子底下去了？」

傅華趕忙說：「好了，不說這個了，美味當前，我們還是開動吧。」說著，拿起一隻牡蠣，將殼內的牡蠣汁喝掉，再將牡蠣肉放入口中咀嚼。

貝隆牡蠣不愧是牡蠣之王，沒加任何調料，吃到嘴裏面竟然沒有絲毫的腥味，只有一種格外的肥美鮮甜。

借著吃牡蠣，傅華將剛才的尷尬掩飾了過去。方晶也不逗他了，也拿起一隻牡蠣吃了起來。

牡蠣吃完，方晶看了看傅華，說：「傅華，其實我一直擔心你不會來，如果讓我一個人孤獨的去面對也孤獨的牡蠣，那種情形是很淒涼的。」

傅華聽出方晶是在暗示著什麼，心中開始後悔今天不該單刀赴會了，早知道這樣，不來就好了。

他只好打著馬虎眼說：「不會吧？如果是我，不知道該有多高興，美味都歸我一個人獨享了。」

方晶瞅了傅華一眼，搖搖頭說：「傅華，你別掩飾了，我知道你對我不是一點感覺都沒有的，不然那天你跟我跳舞，也不會那麼忘我。你一個人來赴我的約，更是說明了這一點，你也是喜歡我的，也想跟我單獨相處。」

說到這裏，方晶站起來坐到了傅華的身邊，溫柔地說：「你放心，我不想要你什麼承諾，更不想破壞你的家庭，只是希望在我孤單的時候，你能陪陪我，就這樣而已，可以嗎？」

此刻，方晶身上再沒有鼎福俱樂部老闆娘那種女強人的氣勢，完全是一個順從小女人的樣子，一雙水汪汪的桃花眼，楚楚可憐的望著傅華，彷彿傅華伸手就能將她攬進懷裏，據為己有。

方晶的身體離傅華很近，芬馥的女人氣息薰染著他，也刺激著他，令他的血液沸騰了起來，既然方晶說不需要他的承諾，那他還等什麼呢？

房間內的氣氛越來越曖昧，傅華的手就要伸出去攬住方晶纖細的腰肢時，包廂的門卻不識趣的開了，服務員送進烤好的澳洲扇貝。

傅華一下子從曖昧的氣氛中驚醒，心說自己這是怎麼了，怎麼這麼把持不住呢？他趕忙把凳子往外挪了挪，離方晶遠一點。

服務員放下烤扇貝，走出了包間，方晶說：「傅華，你閃什麼啊，這裏沒人認識我們的。」

傅華知道自己不能再留下去了，再留下去，他很難把持住自己，便笑笑說：「不是認不認識的問題，而是我突然想起來，來之前我老婆有交代，讓我別忘了回家。時間也不早了，我該回去了。」

方晶對傅華這時候還能如此理智的抽身離開有點意外，對傅華說：「傅華，你不會真的捨得留我一個人在這裏吧？」

傅華已經站了起來，說：「不好意思，方晶，我想我應該走了。」

方晶伸手抓住傅華，說：「傅華，你別這麼煞風景好不好？我看得出來，剛才你明明動心了，怎麼突然就變臉要走呢？你想要什麼？還是要讓我向你低頭，承認我喜歡你嗎？行啊，我跟你說，你是我這幾年來真心喜歡上的唯一一個男人，我十分渴望能夠真正的擁有你，我這樣說你滿意了嗎？」

傅華苦笑著說：「方晶，對男人你都是這麼直接嗎？」

方晶點點頭，說：「是，我就是這麼直接，當初我遇到林鈞，也是直接就告訴他我喜歡他，想要在他身邊。人一輩子的好時光也就是短短二三十年，喜歡一個人卻不告訴他，不去爭取，那豈不是浪費了大好的時光？」

傅華搖搖頭說：「雖然你的話不無道理，但是我卻不能奉陪，我已經有陪伴我度過這大好時光的人了。」

方晶笑了，說：「你是說你老婆是吧？」

傅華點點頭說：「是的，我已經對她許下了承諾，我就需要堅守這個承諾。」

方晶說：「傅華，你不覺得你說這句話有點口不應心嗎，剛才如果不是服務員不識趣的進來，你大概已經把我擁進懷裏了吧？」

傅華臉紅了一下，說：「是，我承認我剛才是有點把持不住，但是老天在這個關鍵時刻派了那個服務員進來，就是在告訴我不應該那麼做。行了方晶，放手吧，我要走了。」

方晶手頭卻加了一把勁，說：「傅華，你別走，我心裏很孤單，很想有人陪陪我，今天的事我不會對任何人說的，你就抱抱我，讓我心靈有個依靠，行嗎？」

傅華搖搖頭，說：「不行，方晶，你是一個很有魅力的女人，我不能抱你，我怕我抱了你會難以自拔的。」

方晶不放過地說：「既然你心裏想著我，何不從心所欲呢？我不會增添你任何的負擔的。」

傅華告饒說：「絕對不行，鬆手吧，方晶。」

方晶看了看傅華，固執地說：「如果我不鬆手呢？」

傅華看到方晶眼中的挑釁，心說這個女人占有欲很強啊，幸好自己沒有被她魅惑住，不能再跟她糾纏下去了，否則後果真是很難設想，於是態度堅定地說：

「現在你鬆手，大家還能做朋友，如果你不鬆手，那我們連朋友都不要做了。」

方晶知道兩人的曖昧氣氛已經完全沒有了，這時候她就算不放手，她跟傅華也不會發生什麼了。

方晶扁了扁嘴，快快不樂的鬆開了手，說：「你這個人，真是一點都不知道憐香惜玉。算啦，我不強求你什麼了，不過，你起碼陪我吃完這頓飯吧？」

傅華卻不敢再稍作停留啦，一來他擔心自己看方晶楚楚可憐的樣子，會忍不住心軟；另一方面，他也領教了方晶的魅惑功力，擔心此時不走，恐怕會走不掉的。

傅華說：「不好意思，我老婆大概已經回家了，我想早點回去陪她。再見了，方晶。」

方晶瞪著傅華說：「你就這麼狠心？」

傅華不敢再說什麼，打開包廂門就走了出去。

方晶有點失落的看著他，這還是第一次有男人在她的強烈攻勢下離開的，憑她的姿色，只要她稍假顏色，男人就會像蚊子見了血一樣撲上來。

這個男人真是越來越有意思了，方晶感受到一種新鮮刺激的味道。越是難以征服的男人越有魅力，她心中越發渴望能夠擁有傅華了。

方晶心中暗道：等著吧，我會讓你乖乖地拜倒在我的石榴裙下的。

傅華回到家時，鄭莉已經回來了。看到傅華，她笑笑說：「怎麼這麼早就回來了，也沒多陪陪人家？」

傅華看到鄭莉的大肚子，心裏就有些愧疚，鄭莉這麼辛苦地爲他懷孩子，他在外面還對別的女人動心，真是有些禽獸不如了。

傅華搖搖頭說：「小莉啊，以後不要再給我這種可能犯錯的機會了，如果我把持不住自己怎麼辦？」

鄭莉好奇地問：「怎麼了?爲什麼你會這麼說啊?」

傅華不好跟鄭莉講剛才發生了什麼，只好說：「也沒什麼，我只是覺得你太信賴我了。」

鄭莉很自然地說：「那是因爲你值得信賴啊。」

傅華笑說：「你也別把我看得太好了，我也是男人，難免會有立場不堅定的時候，所以你還是多管管我的好。」

鄭莉開明地說：「男人的心如果真的不在你身上，多管管就能拉回來嗎？不能的。這個是要看你自律的程度。」

傅華反問：「那我萬一自律失敗呢？」

鄭莉疑惑的看看傅華，說：「老公，你今天是怎麼了？怪怪的唷，是不是發生了什麼事啊？」

傅華心虛的說：「沒有啦，只是剛好說到這個了嘛。」

鄭莉笑說：「你最好是沒有，否則的話……」

傅華趕忙說：「否則怎麼樣？」

鄭莉想了想，堅決的說：「那我就離開你，這輩子再也不見你了。」

傅華心裏不禁一震，他知道鄭莉是說得出做得到的，暗道：幸好自己把持住了，便笑笑說：「那打死我也不敢那麼去做了。」

海川。

金達是回來第二天去見莫克的，他跟莫克報告了他這一趟北京之行的情況。

聽彙報的時候，莫克的神態很嚴肅，讓金達覺得莫克似乎心情不太好，不知道是不是因爲剛剛離婚的緣故。

對於莫克離婚這件事，金達也不知道該不該在莫克面前提，自己又該持什麼樣的立場？金達想了想，覺得還是以一種同事相互關心的立場提一下比較好，如果莫克願意談，他就跟莫克聊一下；不願意談，那就簡單幾句話結束，那樣，關心的意思也表達到了。

金達說：「莫書記，我聽別的同志講，您跟嫂子離婚了？」

莫克看了一眼金達，金達的表情很平常，看不出是在譏笑他呢，還是真的關心他。

莫克點點頭，說：「是啊，我不想跟這個女人繼續生活下去了，影響太惡劣了。」

莫克又拿出一副道貌岸然的樣子，金達看了有些厭惡，就不想跟莫克深談離婚的原因，轉了話題的方向，說：「那沒有嫂子的照顧，您生活上沒什麼困難吧？」

莫克覺得金達表現出一副關心人的樣子很假惺惺，他明明知道他離婚的原因，要不是他在背後指使丁益他們拍到朱欣和束濤見面的照片，他會被逼著走這步棋嗎？這根本是貓哭耗子假慈悲嘛。

莫克其實心中正窩著火呢，雖然孟副省長回絕的話說得很委婉，但是表達出來的意思就是現在並不想跟他扯上什麼關係。

難道孟副省長對他一點興趣都沒有嗎？按說他這個市委書記應該還是有點用處的吧？

孟副省長的回絕讓莫克很是喪氣，有點後悔不該冒然讓束濤去聯繫孟副省長，等於是給了孟副省長一個他的把柄：他是一個有了反心的人。

哎，他現在成了一個兩面都不敢得罪，又兩面都不討好的人，他的處境似乎更加艱難了。

因而莫克心中雖然窩著火，卻不得不對金達客氣些，便笑笑說：「還好啦，你也知道我們很少在家吃飯的，吃飯問題解決了，生活問題就解決了一大部分了。謝謝關心，金達同志。」

金達趕忙說：「同志之間應該互相關心的。」

金達又想到湯言很快就會來海川簽約的事，這回湯言來，不知道莫克會不會還想參與接待的事？就對莫克說：「北京的湯先生過幾日要來簽約，到時候您要不要出面接待他？」

莫克臉色陰了一下，心中很懷疑金達這麼問他，是在譏諷他。便強笑了一下，說：「我看沒必要了，前兩次我是爲市裏面著想，想要接待好湯言，讓他愉快地跟我們簽約。現在目的已經達到了，我就應該功成身退，不需要再出面了。」

金達說：「那我就還是安排守義同志出面接待他吧。」

莫克點點頭，說：「可以，守義同志這個工作做得還不錯。」

金達回到市政府，把孫守義找了來。

金達說：「我剛才去市委跟莫書記碰了個頭，談起湯言要來簽約的事，我問他要不要出面接待湯言，他說不需要了，讓我們安排接待就好了。」

孫守義笑說：「他這次怎麼不去拍人家馬屁了？是不是上次被圍堵嚇破了膽，這次不敢再出面了？」

金達慎重地說：「老孫，我們別管莫書記這次為什麼不出面了，就管好政府這邊的事務，確保湯言這次來海川能順利的簽約。可不能因為海川重機的工人們答應接受重組條件，就掉以輕心啊。再出個什麼事，無論對那一方都是不好交代的。」

孫守義點點頭，說：「是啊，這次我們應該更加小心謹慎才行，回頭我去一趟海川重機，看看工人們的情緒是否穩定。」

金達說：「好，一定確保不能再出什麼差錯了。」

孫守義說：「您放心好了，我會安排妥當的。」

幾天後，湯言如約來到海川，傅華陪同他一起來。

本來這次只是簽約而已，傅華是準備不跟湯言回海川的。但是有一件事讓傅華改變了主意，那就是方晶對他的糾纏。

那晚的拒絕，似乎並沒有影響方晶對他的態度，之後方晶不是打電話給傅華，就是故意來海川大廈吃飯，好製造跟傅華見面的機會，搞得傅華哭笑不得，就想找機會暫時避開方晶，所以跟湯言一起回了海川。

接風。

孫守義在機場接了他們，依舊把他們送到海川大酒店住下。晚上孫守義設宴給他們

莫克雖然沒有出面接待湯言，但也沒有放過這個巴結湯言的機會。他特別給湯言打了電話，在電話中表達對湯言此行的歡迎，說他有活動必須參加，因此不能出面接待湯言，感到十分的抱歉。

湯言隨口敷衍了莫克兩句，讓莫克高興的掛了電話。

這次的簽約非常順利，海川重機的工人們反應很是淡漠，海川重機的重組總算是邁出了艱辛的一步。下一步就是將重組方案報證監會審批，批准後，按照方案正式啓動實質性的重組。

合約簽訂的當晚，金達出面宴請了湯言，算是對湯言在北京接待他的一種回報。

席間傅華的手機不斷有簡訊傳來，金達開玩笑說：「傅華，你才回海川幾天啊，你老婆就這麼想你啦，簡訊一刻不停的發。」

傅華尷尬的笑了笑，沒有說什麼，乾脆把手機給關了。

這些簡訊全是方晶發來的，上面寫的都是一些肉麻的話，看得傅華臉紅耳赤。距離不但沒有讓方晶淡忘他，反而讓方晶更加想念他了。

傅華對此是不勝其煩，但是手機是工作上要用的，又不能隨便關機，因此只能默默

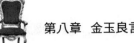

承受。

次日，傅華和湯言返回了北京。

傅華到北京之後，直接回了家，他很關心鄭莉的狀況。

鄭莉知道他今天回來，沒有出去工作，在家等著他。傅華問鄭莉這幾天的狀況，鄭莉回說：「都挺好的啊，你不用這麼緊張。對了，昨天我在店裏碰到一位你的朋友。」

傅華沒太在意，笑了笑說：「誰啊？」

鄭莉說：「她說她叫方晶，是鼎福俱樂部的老闆娘。」

傅華怔了一下，沒想到方晶竟然會去騷擾鄭莉，真是越來越過分了，也不知道她有沒有在鄭莉面前胡說些什麼。

傅華有些緊張，看了看鄭莉，問：「她去你那兒幹什麼？」

鄭莉聽了，反問道：「你這話說的真怪，那是時裝店，她去當然是買衣服啦，要不然還能幹什麼？」

傅華看鄭莉的表情很平和，覺得自己可能是有點反應過度了，便笑笑說：「我是奇怪她怎麼去你那兒，她可是有錢人，連湯言都是俱樂部的會員，我就是因爲湯言才認識她的。」

鄭莉不滿地說：「老公，你這是什麼意思啊，有錢人就不能去我的時裝店了？你看不起我的設計？我可跟你說，我的設計可是有很多忠誠客戶的，其中不乏有錢人。」

傅華說：「小莉，我怎麼會看不起你設計的服裝呢，我是覺得方晶的風格跟你的服裝不搭，她的風格是走豔麗風，而你的服裝風格則是清新走向，兩者有些不搭調，可不是貶低你的設計。」

鄭莉笑了，說：「你這話倒說得很中肯，方晶似乎很欣賞我的服裝設計，但是我也覺得我的服裝跟她的風格有點格格不入。最後她買走的幾套都是我認爲設計的不太好的作品。」

鄭莉突然看了看傅華，說：「誒，老公，你對她的風格倒挺熟悉的啊，怎麼平常都沒聽你提起過她啊？」

傅華說：「也說不上熟悉，就是見過幾次，看她穿的衣服都很豔麗，不用熟悉我也清楚她的風格了。」

鄭莉笑笑說：「其實她們這些經營娛樂場所的，是必須豔麗一些才行，才能在眾人中脫穎而出，被人注意到。」

傅華說：「是啊，不過我不喜歡那樣的女人。」

話說出口，傅華自己都覺得有些口不應心，如果真的不喜歡，他爲什麼差一點就被誘惑了呢？

第二天中午，臨近吃飯的時候，方晶出現在傅華辦公室。

她在傅華面前轉了個圈，露出甜笑說：「怎麼樣傅華，我這身衣服好看嗎？」

傅華一看衣服的風格，就知道出自鄭莉的手，他搖搖頭說：「方晶，你想幹什麼啊？」

方晶笑說：「我什麼想幹什麼，我讓你看這套衣服好不好看啊。」

傅華有些惱火地說：「別裝糊塗了，別以為我看不出這衣服是從我老婆店裏買的。你跑去我老婆那兒幹什麼啊？」

方晶說：「怎麼，緊張了？放心，我一句多餘的話都沒說，我不會讓你難做的。」

傅華說：「我沒什麼地方難做的，我只是不喜歡你這麼干擾我的生活。方晶啊，我告訴過你了，我們之間不可能的，你別再這麼做了好嗎？」

方晶無辜地看著傅華，說：「我也沒想做什麼啊，我只是想看看你老婆到底是什麼樣的女人，能讓你這麼死心塌地的。」

傅華忍不住說：「方晶，你做事怎麼這麼為所欲為啊？你怎麼可以想幹什麼就幹什麼，一點也不顧慮別的人的感受呢？」

方晶瞅了傅華一眼，說：「怎麼，你老婆有所懷疑了嗎？」

傅華說：「那倒沒有，不過我不喜歡你這麼做。」

方晶撒嬌說：「好嘛，你不喜歡，我不去就是了，行了吧？誒，你還沒說這套衣服好不好看呢？」

傅華苦笑了一下，說：「方晶，拜託你，別用這種語氣跟我說話好不好？我們之間沒這麼親密。就像這套衣服不適合你一樣，我們也是不適合的。」

方晶不滿地說：「傅華，我選這套衣服，是因爲這是你老婆設計的，覺得我穿著它也許你會喜歡，你現在這個態度很傷人，知道嗎？」

傅華無奈地說：「方晶，說了半天你怎麼就是不明白呢？我們之間只能做朋友，不可能進一步了。你沒必要委屈自己來討好我，你應該是那個豔麗不可方物的鼎福俱樂部老闆娘，而不需要在我面前裝這種小鳥依人的小女人樣。」

方晶臉色變了，發怒說：「傅華，你這話什麼意思啊？我裝什麼了？什麼豔麗不可方物，什麼老闆娘？你心裏是不是在嫌棄我啊，嫌棄我跟過林鈞？還是我是一個在娛樂場所打滾的女人？」

傅華想，自己的話可能觸及方晶敏感的神經了，有些不忍心，就說：「方晶，我沒有嫌棄你的意思，要不然也不會拿你當朋友。只能我們的關係真的只能是朋友，我不希望再進一步了。」

方晶執拗地說：「爲什麼，就爲了你老婆？我看她也是一個很普通的人啊，論身材，論樣貌，都比不上我。我條件比她好，要求你的又比她少，爲什麼你就不能對我好一些呢？」

傅華說：「方晶，我很羡慕你這種隨心所欲的性格，好像你想要什麼你都要得到。但是我不行，我必須尊重我的婚姻，對我的妻子忠實。」

方晶聽了說：「對，我想要什麼我都會盡力去爭取，這我承認，但我想從你那兒要的很少啊，我只是想借你的臂膀靠一下，讓我孤單的心得到一些慰藉。你依然可以維護你的婚姻，我並不想攪亂你的生活，我覺得這兩者可以並行不悖。」

傅華搖搖頭，說：「這不可能並行不悖的，方晶，我承認曾經有那麼一刻，我對你動心過，但是比起我對我老婆的愛就微不足道了，我不想冒任何失去她的危險跟你有進一步的發展。我們本來就是兩條平行線，你有你的生活，我有我的生活，我希望今後互不干攪。」

方晶臉色變得鐵青，瞪著傅華說：「你的意思就是我自討沒趣了？傅華，你夠狠，我方晶還從沒對一個男人這麼低聲下氣過，沒想到你卻把我的心踩在腳下肆意的踐踏，算你行！」

眼見方晶是恨上他了，傅華心裏也很不是個滋味，有心撫慰一下方晶，可是他知道，如果他一開口，方晶對他的糾纏就永無了局，此刻硬起心腸，反而對雙方是最好的一種解決方法。於是他索性閉上了嘴，將話咽了下去。

方晶看她狠話都撂出來了，傅華還是一副不在意的樣子，她雖然不想放手，卻也沒面子繼續留下來了，便把門狠狠地摔上，衝了出去。傅華知道他是把這個女人給徹底得罪了。

海川。

朱欣很快就意識到她跟莫克離婚並不是一個明智的舉動，雖然她拿到了一百萬和一套房子，看上去似乎得到了便宜，但是她的境遇完全改變了。

首先是單位裏的人再看她的眼神就沒那麼敬畏了，反而有幾分幸災樂禍，似乎完全是她自作自受，是她做錯事才被老公嫌棄離婚的。

其次是，她再要做什麼事情就不那麼方便了，以前在單位，只要是她提出來的，局長二話不說就會照辦，現在可好，她說個什麼事，局長要麼支支吾吾，要麼當做沒聽見，反正不當一回事就是了。

朱欣明白這一切都是因爲她失去了市委書記夫人這個地位。現在的人就是這麼勢利眼！

朱欣的心情就特別的鬱悶，很想出去走走散散心。這時，她想起了無煙觀的無言道長來了。

當初就是無言道長鐵口神斷，斷定莫克一定會離開她。現在事態走向似乎都按照無言道長所說的一一應驗了，這個無言道長還真是神通啊，是不是再去找他算一下，看今後自己要怎麼做好？

這個念頭一起，朱欣就坐不住了，她也不想等週末，反正她在單位也不受人待見，還不如出去散散心呢。朱欣就打電話給束濤。

束濤接了電話，笑笑說：「朱科長，找我有什麼事？」

朱欣說：「束董啊，我想去看看無言道長，你能不能陪我去一趟啊？」

束濤遲疑了一下，說：「不好意思啊，朱科長，我眼下有事走不開啊。要不這樣子，你搭計程車去，來回路費我幫你報銷好嗎？」

我搭計程車去？朱欣一開始還沒反應過來，因爲她從沒想過束濤會回絕她。不過隨即她就醒過味來了，束濤是跟別人一樣，也覺得她不再是市委書記夫人，所以也就不需要應酬她了。

朱欣直言說：「束董，你是不是也跟別人一樣，覺得我跟莫克離了婚，就不拿我當回事了？」

束濤被說得有些不好意思，趕忙解釋說：「不是啊，朱科長，我是真的走不開，就想說你搭車去比較方便些，你放心，車費我全部負責。」

朱欣嘆了口氣，說：「看來我真是落毛的鳳凰不如雞了。算了，這點錢我還能出得起。」說完，氣惱的把電話掛掉了。

這一氣，她越發在辦公室裏待不住了，也沒跟其他同事打招呼，出門找了輛計程車，就直奔無煙觀而去。

到了無煙觀，卻被門口的小道童給攔住了，小道童說無言道長正在會客，讓她坐在外面等一下。

朱欣本來就憋了一肚子火，此刻再也壓抑不住，叫道：

「你們這個有事，那個會客的，是不是我跟莫克離婚了，我就不是人了?閃開，我倒要進去看看無言道長正在會什麼客。」就推開道童，闖了進去。

進門一看，道童說的倒是不假，無言道長真的在會客，他正裝模作樣幫一個中年男人推算著什麼。

無言道長看到朱欣進來，馬上站了起來。

吃他這行飯的人都很耳聰目明，對見過的人過目不忘，一看朱欣，馬上就知道是市委書記離了婚的夫人。

朱欣看到無言道長，就像看到親人一樣，嘴一扁，眼睛裏就有淚水要流出來，哽咽的說了句：「道長，我又來找你了。」

無言道長唱了聲無量天尊，然後說：「施主，我知道你，不過，你是不是稍微等一下，我跟這位施主還沒談完。」

朱欣委屈的說：「我不能再等了，我心裏太委屈了，必須馬上跟你談才行。」

無言道長看朱欣快崩潰的樣子，就跟那個中年男人說：「施主，要不你行個方便，等我跟這個女施主談談之後，我們再接著談？」

中年男人倒也通情達理，就先退了出去。

無言道長把朱欣讓著坐了下來，然後問道：「施主，發生什麼事了？」

無言道長早就知道朱欣離婚了，卻還裝著糊塗，好像他不知道朱欣離婚一樣。

朱欣哭訴著說：「道長，你上次幫我算的真是太準了，我果然沒能留住我丈夫的心，他跟我離婚了。」

無言道長搖搖頭說：「哎呀，想不到你還是沒能避開這最壞的結果。這可能也是天意吧。」

到目前爲止，朱欣覺得她做的一點都沒錯，錯的是莫克，說：「是啊，道長，我費了很大的勁想要留住他，但是他已經變了心，我怎麼做也沒有用了。道長啊，你說我下一步該怎麼辦呢?我一個女人，還帶著個孩子，無依無靠的，你說讓我怎麼辦啊？」

無言道長心說：你起碼也得到了一套房子和一百萬現金了，還說什麼無依無靠啊?!

無言道長看了看朱欣，說：「施主，難道你就沒按照我說的，爲自己多爭取一些資產嗎？」

朱欣在無言道長面前不敢說謊，她點點頭說：「是爭取了一些，不過是杯水車薪，我不能靠它過下半輩子的。現在因爲我老公跟我離婚了，很多人對我就另眼看待，我現在的日子很難過。道長啊，你可以指點我一下，以後該怎麼做好呢？」

無言道長心想：既然孟森沒特別交代，表示他對莫克和朱欣離婚的狀態是滿意的，那我就勸她安於現狀好了。便說：「施主啊，有些事情既然已經發生，那就無法改變了，你要學著接受。」

接受？朱欣不高興了，說：「我爲什麼要接受？我老公現在是自由快活，說不定很快就把那個婊子給娶進門了，你倒讓我接受現狀？我不甘心。」

無言道長搖搖頭說：「施主啊，你不要被一時的憤怒蒙住了心竅，你的話有點不客觀啊，我想你老公也沒那麼容易就娶那個女人進門的。」

朱欣嘆了口氣，說：「道長，這點又被你說中了，我老公能不能娶那個女人進門的確還是一個未知數，我剛才說的確實是氣話。」

無言道長對這個被莫克喜歡上的女人產生了幾分興趣，這個資訊對他來說可能很有用，他很想套出這個女人究竟是誰來。

無言道長手指裝模作樣的掐了幾下，說：「據我推算，這個女人似乎並不在海川啊，好像是在海川的北面。」

無言道長這是根據莫克到海川上任的情況推算的。莫克到海川的時間不長，到任後又是大力推行整頓活動，根本就沒機會跟那個女下屬發生點什麼。據此，無言道長認定莫克喜歡的這個女人應該不是在海川。而齊州是在海川的北面，就猜說是在海川的北面。

朱欣立即點頭如搗蒜，說：「對，對，道長，你算的真是太對了，那個女人不在海川，她在北京，是一家叫什麼鼎福俱樂部的老闆。」

無言道長心中暗自好笑，又被他蒙對了。同時，朱欣這個傻瓜，不用套就自己說出那個女人的身分，讓他省了不少事。

無言道長伸手又掐算了幾下，說：「這是一段孽緣啊。」

無言道長這麼說，自然是因爲他不確定莫克是怎麼跟這個女人扯上關係的，因而歸之於孽緣，好引導朱欣把事情講出來。

朱欣果然上當了，她點點頭說：「是的道長，確實是一段孽緣，那個女人原本是我丈夫的下屬，是典型的狐媚子，在她身邊的男人沒有不受她誘惑的，當時還有一個級別很高的官員被她看上，還爲此送了性命。」

朱欣就講出莫克和方晶的事，以及和林鈞的過往，無言道長認真的聽著，不時還插幾句話，引朱欣繼續說下去。

朱欣又嘆了口氣，說：「我已經跟我老公離婚了，孽不孽緣我都管不到他了。道長啊，我今天來找你，是想讓你幫我看看我下半輩子要怎麼過才好，你可要好好幫我看看啊。」

無言道長有點可憐的看了看朱欣，眼前的朱欣已經人老珠黃，她唯一的本錢就是市委書記的老公，現在連這唯一的優勢也沒了，無言道長心中也有些同情她。便又裝模作樣的掐算了一下，說：「施主啊，我說句話，可能你不愛聽。」

朱欣看了看無言道長，說：「道長，你的話對我來說都是金玉良言，我怎麼會不願意聽呢。您請說。」

無言道長說：「你的命運實際上已經跟你老公緊緊地聯繫到一起，雖然離婚了，但是你如果想要下半輩子過得好的話，你還得依靠你老公啊。」

朱欣搖搖頭，說：「道長，既然已經離婚了，我這個人也很要強的，我可低不下這個頭再去跟他要求什麼了。」

無言道長笑了笑說：「不是讓你去求他，這是他欠你的，你想想，如果不是當初你的幫助，他能有今天嗎？你們離婚了又怎麼樣呢？難道離婚能扯斷你們以前所有的聯繫嗎？」

朱欣點點頭，說：「那當然不能，孩子還跟我生活呢，他總是當爸爸的，還是有一份責任的。」

無言道長笑笑說：「就是嘛，你們之間的聯繫是斷不了的。他的條件比較好，適當的給你一點幫助也是應該的。」

朱欣心裏一下子開了竅，心說是啊，莫克雖然跟我離了婚，但是很多事還是跟我牽扯在一起，我向他要求點什麼也是理所當然的啊。我怎麼就那麼輕易的滿足於他給我的這一點點東西呢。

道長說得對，這一切都是莫克欠我的，不是我們家幫助他，他會有今天？我向他要，也是順理成章的。

朱欣終於撥雲見霧，高興地說：「道長，你真是一語驚醒夢中人啊，謝謝你了。」

第九章

苦情牌

朱欣坐了下來，說：「你要商量什麼？」

莫克苦笑了一下，朱欣的要求確實不好辦，主要是他抹不下面子去跟班子的成員談這件事，便想打苦情牌，於是說：「朱欣啊，你不要給我添亂了好不好？我現在的日子也不好過。」

因爲新的房子還沒裝潢好，所以朱欣和莫克雖然離婚了，還是暫時住在一個屋簷下。

晚上，莫克在外面吃過飯回到家中，朱欣坐在客廳等他，看到他回來，就說：「老莫，你過來一下，我有事跟你談。」

莫克心中有一絲不好的預感，這個女人找他一定沒什麼好事，便推脫說：「有什麼事啊？我很累了，回頭再說不行嗎？」

朱欣說：「不行，我必須馬上跟你談。」

莫克只好坐下來，說：「好了，有什麼事你趕緊說吧。」

朱欣說：「老莫，爲了你的面子，我跟你離了婚，可以說我的犧牲很大。」

莫克冷笑一聲，說：「朱欣，你說話是不是過過腦子，你犧牲很大？你拿了一百萬和一套房子，我想這些補償你的犧牲應該足夠了吧？」

朱欣火大了，叫道：「莫克，你覺得夠了嗎？那點錢和一套房子能夠補償我跟你這些年的青春嗎？你知不知道，你跟我離婚，你是大公無私了，但是外面的人是怎麼看我的，他們現在都是用渺視的眼神在看我，他們都認爲是我做錯了才會被你休掉的，好像這一切都是我自己造成的。」

莫克反問說：「難道不是這樣的嗎？不是你非要我幫束濤爭取舊城改造項目，這一切根本就不會發生。」

朱欣說：「是啊，是我逼你的，但是你也同意了啊，你也跟束濤談過條件的，憑什麼出了事就讓我一個人來扛這個責任？」

莫克厭惡地看著朱欣，這個女人一定又有什麼新的要求要跟自己提了，看來他是被這個女人給纏上了！

不過眼前他也拿這個女人沒辦法，便沒好氣的說：「朱欣，你別又拿這些來說事好不好，我們不是都談好了嗎？我為什麼要給你那麼多錢和房子，不就是補償你這個的嗎？行了，別說那麼多廢話了，你就說你想幹什麼吧。」

朱欣冷冷地看了眼莫克，說：「這還差不多。莫克，我也不想跟你提什麼過分的要求，據我所知，當初我調來海川的時候，你們海川其他領導同志打算讓我去做財政局的副局長，是你為了裝原則，非給攔下來的，搞得現在我還是一個破爛審計局的科長而已。當時我不跟你計較，是因為我還是你老婆，需要給你裝面子。但現在我們已經離婚了，這個面子我也不需要幫你裝下去了。所以我的要求很簡單，就是你把這個我應得的職務還給我。」

跟莫克要職務是朱欣琢磨了一下午才想到的主意。現在房子有了，一百萬一時半會還花不完，如果再跟莫克提出要錢什麼的，一定會被莫克回絕的。但是她的職務的確是因為莫克的原因才沒得到提升，她現在要求這個，莫克可就沒話說了。

莫克聽了，急說：「朱欣啊，你不給我找難題心裏就不舒服是吧？你這不是讓我自己打自己耳光嗎？你明知道是我攔下你的職務的，現在你讓我怎麼開口跟上面再要求把你提拔爲副局長啊？這件事情我辦不了。」

朱欣冷笑一聲，說：「莫克，你是跟我耍賴是吧？你是市委書記，提拔個副局長還不是一句話的事？」

莫克說：「別人是沒問題的，但是對你不行，我不能前後矛盾，如果我真的幫你做這件事，那我的臉要往哪擱啊？」

朱欣哼了聲說：「你愛往哪擱就往哪擱，關我什麼事啊？這是你欠我的，你必須幫我辦到，否則我就把你跟我離婚的協議公開，我看你這個市委書記還幹得成幹不成？」

莫克越發上火了，說：「朱欣，你又想給我來這套是吧？你想脅迫我嗎？我告訴你，沒門！你愛公開就公開吧，大不了大家一起死。」

看莫克一副翻臉不認人的絕情樣子，朱欣不由得委屈的哭了，說：

「一起死就一起死！你以爲我離婚之後的日子過得很舒坦嗎？每個人都用異樣的眼光看我，你倒好，風風光光地繼續做你的市委書記。行啊，你想大家一起倒楣是吧，那就來吧，我豁出去了。你要不要我現在就去開門，在走道裏把離婚協議的內容給喊出去啊？」

朱欣說完就衝到門口要去開門，莫克嚇壞了，雖然他明知道朱欣可能只是嚇唬他一下而已，但是他沒有勇氣真的讓朱欣衝出家門。現在朱欣的情緒很不穩定，萬一真的把他們私下達成的協議內容喊了出來，那他這個市委書記就完蛋了。

莫克一個箭步衝上前去，一把按住朱欣開門的手，阻止道：「朱欣，你別胡鬧了好不好？」

朱欣叫道：「我就要胡鬧，怎麼了，反正我現在也是一個被人看不起的人了，也沒什麼臉好顧了。」

莫克說：「你不要臉我還要臉呢。行了，這件事我會幫你想辦法的。」

朱欣聽莫克這麼說，停止不叫了，盯著莫克說：「這可是你說的啊？」

莫克嘆了口氣，說：「是我說的。真是怕了你了，你先回去坐下來，我們商量一下好不好？」

朱欣這才回到客廳沙發上坐了下來，說：「你要商量什麼？」

莫克苦笑了一下，朱欣的要求確實不好辦，主要是他抹不下面子去跟班子的其他成員談這件事，便想打苦情牌，於是說：「朱欣啊，你不要給我添亂了好不好?我現在的日子也不好過。」

朱欣冷笑一聲，說：「你騙誰啊，你的日子還不好過，你是市委書記啊，海川市的一把手，跟我離婚的消息傳出去之後，估計不少臭娘們對你拋媚眼了吧?」

莫克儘量耐著性子說：「你能不能把你的嫉妒心暫且放在一邊啊？我現在哪有心思去想這些啊。很多事情你不知道，我到海川本來就是空降下來的，依仗的是省委書記呂紀對我的支持，但是出了束濤這碼子事，讓呂紀對我態度變了很多。本來我想使出離婚這一招挽救一下在他心中的地位，但看來並沒有起到什麼作用，甚至還讓他對我起了反感之心。」

朱欣幸災樂禍地說：「活該，也不知道你中了什麼邪了，非要跟我離這個婚，現在好了吧？」

莫克低聲下氣地說：「行了吧，朱欣，我跟你講這些，是要告訴你我現在在海川的地位並不穩固，這時候你再要求我辦這麼件事，我真的很不好辦。你看這樣好不好，你先暫且等等，等過了這段時間，我再給你想辦法行不行？」

莫克這是緩兵之計，他想先拖過這段時間再說。只是，莫克的如意算盤雖然打得好，朱欣也不是傻瓜，她並沒有上莫克的當，很堅決的說：

「不行，我不能再拖了，我已經受不了這個單位的所有人了，我一天都不想再在這個單位待下去了，你必須馬上就給我辦。」

莫克看說不動朱欣，知道爭辯也沒什麼意義，這個惡毒的女人，你越跟她爭她會越來勁，還不如想個什麼辦法趕緊把問題解決掉。

莫克沉吟了一會兒，對朱欣說：「朱欣啊，你想升為副局長暫時我沒什麼辦法，不過，如果你僅僅是想離開現在的單位，我倒是可以做得到。」

朱欣猶豫了一下，她知道莫克說的也是實話，她也不想把莫克逼上絕路，便說道：「那你可要把我調去一個好的單位。」

朱欣覺得只要她能透過莫克去一個比現在更好的單位，那就向其他人證實了一點，她對莫克還是有影響力的。只要能證明這一點，別人就不敢再小看她了，這便達到她找莫克的目的了。

莫克鬆了口氣，還好朱欣沒有堅持，便說：「我看看能不能把你調去財政局。」

朱欣聽了說：「行，我對財政局還算滿意，不過，副局長的事你以後還是要幫我想辦法的。」

莫克心想：這女人真是貪得無厭，不過那些是未來的事了，我先答應你，能不能辦就再說啦，於是說：「行，我記住這件事了。」

第二天，莫克一早就去了金達的辦公室。

見到金達，莫克便笑了笑說：「金達同志，我個人有個忙想要你幫一下。」

莫克自從來海川後，一向都是公事公辦的面孔出現在眾人面前，這回突然找上門來，說什麼個人需要他幫忙，這還是第一次。金達笑了笑說：「莫書記，您別客氣，需要我做什麼說就是了。」

莫克說：「說出來有點不好意思，是關於我前妻朱欣的工作安排問題。這件事本來我是不願意幫她辦的，但是你也知道，我們剛離婚，朱欣現在的單位就對她有奇怪的看法，搞得她在單位裏有點抬不起頭來，找我又哭又鬧的非要離開那裏不可。我也覺得對她有些愧疚，所以就想可以的話，還是幫她換個環境好一點。所以就過來麻煩你了。」

金達並不覺得莫克這件事做得不對，反而認爲莫克這麼做，多少還有點人情味。

金達笑了笑說：「您不要說麻煩這麼嚴重，我能理解您的處境，既然她想調動一下就給她辦嘛，這也不是什麼大不了的事。」

莫克做出一副鬆了口氣的樣子，說：「金達同志，謝謝你能理解我的處境，我是極不願意幫自家人辦這種事的。但是不該的是我剛剛跟她離婚，如果不幫她這個忙的話，就顯得我太過絕情了。」

金達覺得莫克又在裝清高了，不過金達已經有了郭奎的交代，也不願意爲了一些芝麻小事去跟莫克鬧什麼彆扭，索性就順著莫克的話表演下去，就笑笑說：「是啊，這個忙您是應該幫的，那她想去什麼單位啊？」

莫克露出一副爲難的表情說：「她想去財政局，金達同志，你看行嗎？」

金達心中暗罵莫克，當初我在常委會上幫你老婆安排工作的時候，就建議把朱欣安排到財政局做副局長，是你硬要講原則，說什麼也不肯。現在好了，掉過頭來又想將朱欣安排進去，真是讓人無言。

莫克看金達沒說話，便自嘲地說：「說起來真是令我很難堪啊，當初你跟同志就建議把朱欣安排進財政局，是我有點偏執，把這件事情攔了下來。現在我又要你把她調進財政局，我的臉都有點掛不住了。不過這是朱欣提出來的要求，我不答應的話，她就跟我鬧個沒完，我也沒辦法。」

金達說：「您不要這麼說，既然她想去財政局，那就安排她去好了，你看是我跟相關部門說，還是您來打這個招呼好呢？」

莫克覺得還是利用金達來做這件事比較好，能省去不少閒言閒語，便笑笑說：「既然你同意，這個招呼還是麻煩你來打吧，畢竟她是我的前妻，我出面有點尷尬。」

這件事涉及到海川市一二把手，相關部門自然很積極，很快就幫朱欣辦好了手續，朱欣如願地去財政局上班了。

朱欣是去財政局上班了，但是莫克並沒有因此感到輕鬆。相反，朱欣就像一塊大石頭一樣壓在莫克心裏，讓他有喘不過氣來的感覺。

這個麻煩還沒有結束，讓莫克的心始終懸在半空，因爲他不知道什麼時候朱欣又會冒出來，跟他提一個很難辦到的要求。

莫克就很想找人傾訴一下心中的苦悶，但是在海川，他找不到一個知心的朋友，尤其是這種私密的事，更無法跟不熟的朋友談。

這時，他想到了方晶，這個被他存在心底的女人。如果能跟她傾訴一下自己的心情該多好啊？

莫克很想把他已經恢復單身的事告訴方晶，這樣他就可以順理成章的對方晶展開追求了。不過他卻遲遲不敢打電話跟方晶說，他不知道該如何開這個口。

莫克想想，覺得自己太缺乏勇氣了，現在他和方晶都是單身，行或不行，總要開口試一下，試還有一半的機會，不試的話，他連這一半的機會都沒有。

莫克看了看時間，是下午三點鐘，這個時間方晶應該起床了吧，他就抓起電話撥了方晶的號碼。

撥到最後一個數字的時候，莫克的手顫抖了一下，他的心情不自覺地緊張了起來。

一陣悅耳的音樂響起，電話通了，但是方晶遲遲沒接。

就在各種心情交戰的狀態下，終於有了一個悅耳的女聲響起：對不起，你所撥叫的號碼暫時無法接通，請稍後再撥。

莫克悵悵的放下了話筒，方晶因爲什麼不接電話呢？難道她不想再跟自己接觸了嗎？

還是她有別的事不方便接聽電話？

莫克雖然滿腹疑問，卻沒有勇氣再次把電話撥過去，就在這種患得患失的煎熬中熬到了下班。

晚上莫克有一個活動要參加，莫克只好把方晶暫且放下來，打起精神出席酒會。不過，因爲心情鬱悶，他在酒會上簡單的應酬了一下，就退席了。

回到家中，朱欣依舊在客廳裏看電視，朱欣看到莫克回來，笑著跟莫克打招呼，還問莫克吃飯了沒。

她最近的心情很好，很多人都知道她是莫克和金達兩個人出面才調到財政局的，這說明她的影響力還在，因此到了財政局後，上上下下都對她很尊敬，讓她覺得又有了面子。

莫克卻沒有心情去理會朱欣，他也不想給朱欣什麼好臉色，於是他點點頭，黑著臉說了句：「我吃過了。」就不再理會朱欣，逕自進了書房。

過了一會兒，莫克的手機忽然響起來，莫克看看號碼，竟然是方晶的，心裏不由得一喜，趕忙接通了。

方晶笑笑說：「不好意思啊，老領導，我昨天把手機放在辦公室了，剛才才看到你打來的電話。」

莫克鬆了口氣，原來方晶不是故意不接他的電話的，便笑笑說：「原來是這樣啊，我還以爲我什麼地方得罪你，你不想理我了呢。」

方晶說：「我怎麼會不理老領導你呢？你找我有事啊？」

要不要說自己離婚的事呢？莫克在心中猶豫了一下，最後他覺得應該跟方晶說，就說：「是我最近發生了很多事，想找朋友聊聊，就打給你了，結果還沒打通。」

方晶猜到莫克大概是要跟她說他離婚的事，方晶不太想理會莫克這件事，她覺得莫克離婚與她沒什麼關係。她因爲遭到傅華的拒絕，心情也很低落，連俱樂部的事都懶得管，莫克離婚這種事她就更懶得搭理了，就哦了一聲，沒再說什麼。

方晶沒有追問他發生了什麼事，讓莫克就不好接話了，一時也不知道該說什麼好，又不能就這麼掛電話，便有些冷場，讓莫克十分的尷尬。

停了一會兒，莫克下決心硬著頭皮說：「方晶啊，你知道嗎，我離婚了。」

方晶不好再一點反應都沒有，就說道：「怎麼回事啊？怎麼好好的跟嫂子會離婚了？」

總算說出來了，莫克如釋重負，他假裝痛苦地說：「唉，我這也是迫不得已啊，你不知道，朱欣那個女人很貪慕虛榮，一心想穿金戴銀，我很討厭女人這個樣子，不過因爲她們家早年對我有恩，所以這些年我都忍著。」

方晶便順著說：「既然都忍了這麼多年，那就忍下去吧，怎麼突然又離婚了？」

莫克說：「是她挑戰了我的底線，竟然勾結開發商，想從中拿項目取得不法利益，結果被人抓了個正著，害得我被省領導好一頓批，我實在對她忍無可忍了，因而下定決心跟她離婚。」

方晶說：「老領導，你這就沒必要了吧？嫂子錯了，你讓她改就是了。何必鬧到離婚這麼嚴重呢？」

莫克說：「方晶，你也是在機關工作過，應該知道這已經不是錯不錯誤的問題了，而是違反了紀律。幸好因爲發現得早，還沒造成什麼惡果，所以我才沒受什麼處分。但光是這樣，已經在東海省和海川造成了極爲惡劣的影響。哎，我這個市委書記的老婆都這個樣子，我還怎麼去要求別人啊？所以這個婚勢必得離的。」

方晶想到莫克對她似乎另有企圖，現在又跟她提離婚的事，會不會等下就說他喜歡她呢？就想趕緊結束談話，便淡淡地說：「也是啊。誒，老領導，你還有別的事嗎？」

莫克聽出來方晶有些意興闌珊的，他想說的話還沒說呢，就有些不甘心；不過他也不能貿然就說方晶我喜歡你，一點起轉承合都沒有，於是說：

「別的倒也沒什麼，誒，你一直說要來海川看看，什麼時候來啊？現在臨近春節，應該是你們俱樂部的淡季了，你應該能騰出時間過來了吧？」

莫克心想最好還是能把方晶請來海川，然而方晶卻一點想去海川的意思都沒有，她敷衍的說：「看情況啦，老領導，我還有事要處理，改天再聊吧。」

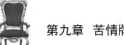

他打電話的目的還沒達到呢，方晶就要結束談話了，讓莫克十分沮喪，又不好一直糾纏，只好說：「好吧，那我就不打攪你了。」

方晶掛了電話，暗道：這個討厭的傢伙，也不看看自己的德性，還想糾纏她，真是一點自知之明都沒有。她方晶也是隨便什麼男人都可以糾纏的嗎？她喜歡的可都是出類拔萃的男人，像林鈞、傅華那樣的才行。

想到傅華，方晶心又痛了一下，那天她從傅華的辦公室離開後，跟傅華就再也沒見面，電話也沒通過一個，算是斷了聯繫。這傢伙怎麼可以這麼對她呢？他就這麼鐵石心腸嗎？

方晶有點後悔不該跟傅華說那種重話的，搞到現在兩人一點緩衝的餘地都沒有。

方晶知道，像傅華這種優秀的男人，骨子裏是很高傲的，他一定不會向她低頭，她說那些重話，等於是堵死了他們繼續往來的路了。

爲什麼他明明喜歡自己，卻不肯接受自己的示愛呢？這些天，這個問題一直在困擾著方晶，難道就爲了他那個看上去並不起眼的老婆嗎？就算是爲了他老婆，她也已經保證過不會去破壞他的家庭，甘願做他背後的女人，不要任何的名分。

一個常出來應酬的男人是不太可能對老婆那麼忠誠的，特別是她這種又漂亮還不需要負什麼責任的女人，傅華拒絕自己，一定還有別的什麼原因。

忽然方晶想起了莫克談到官場的那句話，她意識到也許問題的癥結就在這裏吧？她只注意到傅華是個優秀的男人，卻忘了傅華也是官場中人，既然是官場中人，官場上的潛規則就必須要遵守，這其中就有一條，千萬不能去碰領導喜歡的女人。會不會傅華就是因爲這個才拒絕她的呢？

傅華看出莫克很喜歡她，在傅華心中，她也許已經成了領導喜歡的女人，所以不敢接受她也就在情理中了。

如果是這樣子，那很多事情就能解釋得通了。方晶自以爲找到了問題的癥結所在。

那麼她該如何解決這個癥結呢？她可以找機會跟傅華聲明一下，她不是莫克的女人，也不會跟莫克有更深的往來。她更可以告訴他，對兩人的往來她會嚴格保密，不會讓莫克聽到一點風聲的。這樣傅華就應該沒問題了吧？

方晶覺得她這樣子爲傅華設想，這樣的委曲求全，傅華肯定會感動地接受她的愛的。

次日上午，海川，城邑集團束濤辦公室。

孟森已經摸清楚莫克喜歡的女人的大致情況，於是找上門來，想跟束濤說一下，看束濤是不是有必要動用這個女人。

孟森興奮地說：「束董，我從朋友那裏知道了一個關於莫克的情報，不知道對我們是否有用。」

束濤笑笑說：「什麼情報啊？」

孟森說：「我找到莫克的情婦。」

束濤愣了一下，有點不相信孟森說的，莫克到海川後，做什麼都是正經八百，沒聽說過他還有什麼情婦啊？

「莫克有情婦？怎麼我一點風聲都沒聽說過啊？」束濤懷疑地說。

孟森笑了起來，說：「你沒聽說過，是因爲這個女人離我們海川很遠，她在北京。我是聽一個江北省的朋友說的，你知道莫克是來自江北省，那個女人原來是他的屬下，兩人的關係在江北省可能就建立起來了。」

束濤大感訝異地說：「難怪一點風聲都沒聽到，原來這麼源遠流長啊。咦，這個女人在北京是做什麼的？」

孟森神秘地說：「這個女人不是個簡單的人物，在北京開了家私人俱樂部，我打聽了一下，在北京算是一個頗有影響力的角色，很多人都知道這個女人。」

束濤聽了，說：「女人在社會上混比我們男人容易，只要臉皮夠厚，就一定會吃得開的。」

「是啊，女人只要躺下來，自然而然比我們男人吃得開啦。束董啊，你說我們是不是接觸一下這個女人啊？將來也許可以利用這個女人影響莫克。」孟森提議說。

束濤想了想說：「不是不可以，不過目前來看，暫且還用不著。莫克還欠我的人情沒還呢，先讓他還了人情再說。你說的這個女人，倒是什麼時間我們去北京時可以會會她，留作伏筆。」

孟森好奇問：「你打算讓他怎麼還這個人情啊？」

束濤笑笑說：「我已經有打算了，最近海平區有個地塊要出讓，我想拿來開發，這個找莫克應該是可以的。」

孟森說：「是這樣子的啊。誒，我還沒問你，上次孟副省長拒絕見莫克，莫克聽到答覆後，是個什麼態度啊？」

束濤說：「當然是有些失望啦，不過我看他也不是很在意，估計他也是爲自己先鋪一條後路吧。其實我覺得，他現在沒必要非見到孟副省長不可。目前來看，他的市委書記地位是穩固的，呂紀雖然對他不滿，卻還沒到非換掉他不可的地步，他不去見孟副省長未嘗不是一件好事。」

孟森聽了說：「這倒是，在官場上，想腳踏兩隻船是一件玩火的事，有機會你還是勸勸莫克，讓他不要受了點小委屈，就想轉換跑道。」

束濤搖搖頭說：「我才不做這種出力不討好的事呢。這個你就別管了，你來了正好，我有件事要問你，我聽說那個死了的女員工的事又冒了出來？是真的嗎？」

孟森點點頭，說：「是真的，有人寫檢舉信給全國人大，說我們海川市員警包庇罪犯，北京批轉下來，要下面調查。」

束濤不禁說：「這件事怎麼還沒了啊？」

孟森嘆說：「那個死者的老娘一直不肯罷手，老想找機會再訛我一筆錢。我問過一些法律界的人士，只要那個臭婆娘拿不出新證據來，就算她告到天上，天老爺也拿我沒輒。只是姜非那傢伙倒楣了，上面一個勁地施壓給他，讓他儘快查明。我聽說爲了這件事，他已經被省廳訓斥了好幾次呢。」

束濤說：「你也別幸災樂禍，姜非可不像以前的麥局長那麼草包，他是有真本事的人，小心逼急了他，他真的把證據給找出來。」

孟森得意地說：「你當他不想啊，姜非和孫守義一直憋著勁想要整死我，可是又能怎麼樣呢？還不是看著我逍遙快活乾瞪眼？」

束濤提醒說：「你別那麼得意，還是小心些爲妙。」

兩人正聊時，孟副省長打電話來。孟森趕緊接通了。

孟副省長說：「你來省裏一下吧，我有事要跟你談。」

孟森說：「行，我馬上就去。」

掛了電話，孟森對東濤說：「孟副省長找我，語氣不太好，不知道會不會就是爲了那個死掉的女人的事？」

東濤說：「你去了不就知道了嗎？」

孟森說：「那我走了。」

東濤說：「你去吧，我也要跟莫克聯繫一下，把海平區地塊的事跟他說一下。」

孟森就離開了。東濤把電話打到莫克那裏。

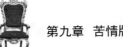

莫克接通了電話，說：「什麼事啊？」

東濤說：「莫書記，根據您的指示，我們城邑集團決定把發展目光轉向周邊縣市，發現海平區最近有個地塊要放出來，想問您是否能幫我們關心一下？」

莫克笑了，這是他欠東濤的，當然要幫忙，便說：「這就對了嘛，海平離我們海川不遠，環境優美，空氣清新，正是發展項目的好地方。行，你的想法我知道了，我會跟海平區的同志打個招呼的。」

東濤便說：「那謝謝莫書記了，沒別的事我就掛了。」

莫克卻不想就這麼結束談話，他說：「東董啊，孟副省長那邊，你是不是再讓孟森幫我說說？」

東濤聽莫克對孟副省長還沒死心，心想：這個莫克也真是不開竅，怎麼非要找孟副省長呢？只好打馬虎眼說：「莫書記，孟副省長最近真的很忙，恐怕很難騰出時間來跟您見面的。」

莫克失望的說：「這樣啊。」

束濤有心想點撥一下莫克，便說：「其實，莫書記，您也不一定要急著去見孟副省長啊，您還有很多事情要忙的。」

莫克愣了一下，反問道：「束董，你這是什麼意思啊？」

束濤笑笑說：「我是說海川還有好多事需要您出面處理的，比方說雲泰公路項目，這個項目省裏一直批不下來，您爲什麼不去省裏找找呂紀書記，讓他支持一下您在海川的工作，讓省裏把這個項目給批下來呢？」

雲泰公路項目是鏈結雲山縣和海川另一個縣級市泰河市的一個公路項目。雲山縣地處偏僻，從雲山縣到海川市區只有一條簡陋的公路，當時因爲技術條件很差，不能開山挖隧道，這條公路要走很多山路，甚至有一段距離的公路是從山底一路盤到山頂，又從山頂盤下來的，號稱九曲十八盤，不但加長了距離，還很危險。每逢到冬季雪大封山的時候，這條十八盤根本就無人敢走。

對外連繫的不方便，等於限制了雲山縣的發展，於是海川市就很想建一條連接雲山縣和市區的高速公路。

這條公路在孫永和曲煒主政海川的時候就被提上了議事日程，方案是從雲山縣挖兩條隧道直接通向離海川市區很近的泰河市，這樣能將雲山縣到達海川市區的時間縮短將近一個小時，對海川市和雲山縣的經濟發展有很大的好處，因此孫永和曲煒對此都很重視。

但是公路規劃方案做出來的時候，正是孫永和曲煒鬥得火熱的時候，兩人的心思都沒放在這上面。後來他們接連出事，這個方案就被擱置了下來。

換到張琳主政海川時，這個方案被再次提到議程上。沒想到報到省裏之後，這個項目遭到了很多的質疑，出現很多反對聲音，有專家說這個項目是在重複建設，根本就沒必要多這麼一條公路。項目就卡在省發改委，遲遲批不下來。

張琳欠缺魄力，金達的主要精力又放在海洋科技園上，無暇旁顧。項目便被卡在省發改委，兩人都沒有出面積極地協調，這個項目就一直被擱置在那裏了。

莫克上任之後，發改委主任曾跟他彙報過，但那時，他的注意力只放在一些務虛的工作上，不想馬上就去啃這塊歷經幾任領導都沒啃下來的骨頭，也就把這個項目放在了一邊。

現在聽束濤提起，莫克遲疑了一下，說：「束董，你的意思是讓我出面找呂書記，爭取把雲泰公路這個項目批下來？這能行嗎？」

束濤笑說：「當然能行了，您當初可是呂書記親自點的將，他不支持您支持誰啊？

再說，您如果能將這條公路建好，我想海川市民一定會感激您的，這無論從哪個方面來說都是一件好事，一定會大大提高您的聲望，所以您沒有理由不去盡力爭取把這個項目批下來。」

莫克心中一下子敞亮了，束濤這是指了一條明路給他走啊，如果真的把這件事辦成了，他在海川的頹勢將會被一掃而光。另一方面，這也是一件露臉的事情，他可以借此在呂紀面前重新獲得信賴。

而且，呂紀因爲任用他，在東海政壇備受詬病，估計呂紀知道他要做這件事，一定會迫不及待的支持他的。

莫克高興地說：「束董，你真是一語驚醒夢中人啊，我確實該爲海川市民做些實事。你不愧是一個成功的企業家啊，眼光如此獨到。」

束濤心想：你才知道你該做點實事啊？這比什麼整頓作風的工作可是強上百倍了。

束濤謙虛地說：「莫書記太誇獎我了，我不過是提醒您一下而已。您應該也不是想不到這一點，只是工作太忙，還沒來得及往這方面想罷了。」

孟森趕到省城已經是下午了，孟副省長在辦公室裏見了他。

孟森開口就說：「省長，你是不是因爲那個女人的事才找我的？沒事的，那個老女人拿不出什麼證據，就是告到全國人大，她也拿我沒辦法，您就不用這麼擔心了。」

孟副省長瞅了孟森一眼，說：「小孟，我找你來不是爲了那件事，不過既然你說起來了，我也想問問你，怎麼這事還沒完沒了了？」

孟森苦笑說：「那個女人貪得無厭，想藉女兒的死再訛我一筆錢，我哪有那麼多錢打發她啊！現在這件事在風頭上，我也不敢動她，只好忍了，反正她也拿我沒招。」

孟副省長說：「你最好是想辦法把這件事給徹底解決掉，不然總是個後患。」

孟森說：「我知道，等過了這個風頭，我會處理好的。省長，您說不是爲了這件事找我，難道還有別的事？」

孟副省長眉頭皺了一下，說：「小孟啊，我又有麻煩了。」

孟森詫異地說：「不會是跟女人有關吧？」

孟副省長點了點頭，說：「小孟，你也知道我也沒別的什麼愛好，就好這一口。」

孟森問：「是什麼樣的人啊？」

孟副省長說：「這個女人名叫劉筱，是東海電視臺一個新來不久的節目主持人，她做過我一期節目，對我進行跟蹤採訪。後來就主動來我房間找我，我一個沒控制住，就把她給睡了。你也知道，你那裏出事後，我很久沒敢碰別的女人，她一送上門來，我當然抵不住誘惑了。」

孟森理解地說：「男人有幾個能抗得住誘惑的？現在出什麼問題了？」

孟副省長說：「這個女人的胃口很大，跟我要這要那的，又是錢啊房子什麼的。」

孟森笑笑說：「女人都這樣的，不過省長，憑您的能力，滿足她沒問題吧？」

孟副省長訴苦說：「錢和房子我都給她了，但是這個女人的野心不止這一點，她竟然想讓我幫她爭取做東海新聞聯播的播音員。你知道，能做新聞聯播的播音員都是電視臺當家的主持人，她一個新來不久的菜鳥想要坐到那個位置上是很難的。再加上我現在的處境很尷尬，鄧子峰和呂紀都在虎視眈眈的盯著我呢，我如果出面干預這件事，一定會讓他們抓住把柄的，所以就拒絕了她。沒想到這個女人立即跟我翻了臉，說她手上握有我們在一起時的照片，如果我不肯幫忙的話，她就把那些照片發到網上去。」

孟森愣住了，看著孟副省長說：「您真的讓她拍了照了？」

孟副省長尷尬的說：「那是我們玩得正高興時，她就用手機拍了幾張我沒穿衣服的照片，當時只覺得好玩，誰想到她會拿出來要脅我啊？」

孟森不禁說：「我的大省長啊，你怎麼一點警惕性都沒有啊？現在栽在這上面的官員還少嗎？」

孟副省長無奈地說：「我沒想到問題會變得這麼複雜啊？好了，我叫你來不是讓你來教訓我的，是讓你幫我解決問題的。」

孟森說：「那您想我怎麼幫您解決這個事啊？」

孟副省長說：「我跟她約了今天晚上談判，我想你跟我一起去。」

孟森說：「您想讓我去做什麼？」

孟副省長說：「我想給她一筆錢，把照片買回來，但是我知道這個女人目的不在此，所以她一定不會答應的。我想你跟我去的意思，是讓你嚇唬嚇唬她，讓她答應拿錢了事。」

孟森問：「如果她不聽呢？」

孟副省長說：「她不過是個小女人，你拿出點狠樣來嚇唬嚇唬她，我想她不敢不聽的。關鍵是你要把她手裏的照片給搶回來。」

孟森爲難地說：「省長啊，我不幹這種事很多年了。」

孟副省長哀求說：「拜託你了小孟，我也知道這件事很難爲你，不過我是真的沒什麼辦法了。」

孟森只好勉爲其難地說：「好吧，你約她來就是了。」

晚上，孟森和孟副省長找了一個偏僻的酒店開了個房間，孟副省長準備好二十萬的現金，然後就打電話約劉筱前來。

過了半個小時，有人敲門，孟副省長去貓眼看了看，確定是劉筱，就把門開了。

第十章

地下情人

方晶叫道：「你是唯一闖進我心中的男人，你讓我覺得可以做一個幸福的小女人，
可是你卻連這樣的機會都不肯給我。」

傅華說：「我做事向來光明磊落，要就光明正大的在一起，
這種地下情人的事，我是不會做的。」

劉筱二十多歲，長得很漂亮，模特兒一般的身材，孟森看了也是直流口水，難怪孟副省長這個老色鬼會被她給迷住。

劉筱看房間多了一個不認識的男人，不由得愣了一下，對孟副省長叫道：「你別想打什麼歪主意啊，我告訴你，我也是有防備的，照片我都做了備份，放在我朋友那兒，我如果出什麼意外，照片馬上就會發上網的。」

孟副省長一聽就有點慌亂，他沒想到這個女人竟然這麼精明，來談判還事先留了後手。他看了看孟森，用眼神問孟森接下去要怎麼辦。

就見孟森笑了笑說：「劉小姐是吧？」

劉筱點點頭，說：「我是劉筱，你是誰啊？」

孟森說：「我也不怕告訴你，我叫孟森，是省長的朋友。你搞這個架勢是不是電影看多了，當真以為我們會對你不利啊？」

劉筱說：「防人之心不可無嘛，他是副省長，要對我一個小女子幹點什麼很容易的，我當然得有點防備啊，否則我死都不知道怎麼死的。」

孟森笑笑說：「行啊，你既然已經做了萬全的防備，那就沒什麼好擔心的了，坐下來我們聊聊吧。」

劉筱警惕的坐到孟森的對面，孟森就看看孟副省長，說：「省長，是您跟她談，還是我來跟她談呢？」

「還是我來跟她說吧，」孟副省長把裝著二十萬的箱子放到劉筱面前，說：「小劉啊，你想要的播音員的位置，我現在確實沒辦法幫你拿到，這裏呢，有二十萬，你拿著，把那些照片還給我，我們就算是兩清了，好嗎？」

劉筱瞅了孟副省長一眼，叫說：「不好！我的身子就值這麼點錢啊？你打發叫花子是吧？我告訴你，那個主持的位子我要定了，你不能給我的話，就等著看你的照片發到網上去吧。」

孟副省長氣得渾身發抖，指著劉筱說：「小劉啊，當初可是你自己主動要跟我的，我可沒強迫你，你怎麼能這麼對待我呢？」

劉筱冷笑一聲，說：「不錯，當初是我主動的，我是覺得你這個副省長是個大人物，能幫我辦到很多事。哪知道你這不行那不行的，連個主播的位置都幫我爭取不到，早知道這樣子，我伺候你一個臭老頭子幹什麼啊？」

孟森看劉筱這個女人年紀輕輕，卻這麼現實無賴，不由得火冒三丈，上去一巴掌就把她打倒在地上，然後接連踹了幾腳，把劉筱打得蜷縮在地上直叫。

孟副省長怕打出什麼事情來，趕忙上前攔住了孟森，說：「小孟，你克制一點，別這樣。」

孟森停下手來，指著地上的劉筱說：「你這個臭娘們，你算是什麼東西，敢跟省長這麼說話？你以為你的身子是金子做的？給你二十萬你還嫌少，我告訴你，老子就是帶小姐的，二十萬能買你這樣子的破爛貨一堆呢。」

劉筱倒沒被孟森嚇住，她惡狠狠地看著孟副省長說：「你完了，你竟然帶這麼個流氓對付我，你等著吧，我會讓你這個省長做不成的。」

孟森上去又給了劉筱一巴掌，喝道：「臭娘們，到這個地步你還敢嘴硬。你跟我玩這個還嫩了點，老子玩這個的時候，你還不知道在哪兒呢？你要發上網是吧，我讓你發，不過你也要知道發的後果。」

孟森說著，從兜裏掏出一把隨身帶著的小刀，用刀尖頂到劉筱的臉上。

劉筱緊張了起來，說：「你想幹什麼，我可告訴你啊，我朋友那邊有照片的備份，如果我回不去，你就等著……」

孟森笑了，說：「讓我看照片是吧？行啊，我就等著看照片好了，不過，你就看不到了。」說著，手上就開始用力。

雖然沒劃破劉筱吹彈可破的臉蛋，但是劉筱已經明顯感受到了疼痛，她驚叫著說：「等等，等等。你別這樣子，你這樣子是殺人，知道嗎？」

孟森笑了起來，說：「我知道啊，我就是在殺人啊，你信不信我殺了你之後，回頭還能把你全家都給殺了？不過，你信不信也沒關係了，反正你也見不到了。」

看孟森拿殺人根本就不當回事，劉筱嚇得心膽俱裂，哭了起來，叫道：「好了，我把照片還給你們還不行嗎？」

孟副省長在一旁也嚇得夠嗆，他很擔心孟森收不住手，真的把劉筱給殺了，見劉筱求饒，趕忙攔住孟森說：「小孟啊，她願意把照片還給我了，你就收手吧！」

孟森看了看劉筱，笑說：「你肯還了嗎？」

劉筱連連點頭，說：「我一定還給你們就是了。」

孟森說：「這還差不多。起來吧。」

孟森就把刀子收了起來，劉筱也從地上站了起來，孟森指了指那二十萬塊，說：「這錢你拿著，別說省長不夠意思白玩了你。」

劉筱看了看孟副省長，孟副省長終究跟這個女人有過一段，對這個女人還有些憐惜之心，便說道：「讓你拿，你就拿著吧。」

劉筱這才把錢拿了。

孟森又說：「既然你拿了錢，那我就當你同意把那些照片給銷毀了，如果我以後在任何地方聽到有人說起這些照片，我一定不會放過你的。我的名字已經告訴過你了，你可以找人打聽一下，我孟森是幹什麼出身的，你就知道我可能對你怎麼報復了。現在你給我滾吧。」

劉筱就趕緊帶著錢跑了出去。

孟副省長看看孟森，說：「小孟啊，你敢保證這個女人真不會鬧事了嗎？」

孟森笑說：「您放心，我敢保證她絕不敢跟您鬧事了。」

孟副省長半信半疑地說：「真的嗎？小孟啊，現在可是非常時期，我可容不得半點閃失。」

孟森老神在在地說：「省長啊，她這手也就能唬住您這種文明人，在我眼前根本是不值一哂的。她說要在網上發佈照片，可是她敢嗎？如果她公佈了照片，她也要跟著你倒楣的。你的官位保不住了，她的前途也完了。這樣子的結果就是您肯，她也不肯的。所以說到底，她只是想拿照片要脅您一下而已，她知道您一定會因爲怕失去省長的寶座而向她屈服的。」

孟副省長點點頭，說：「你說的很有道理。如果照片公佈出去的話，我頂多是受點處分，而她怕是在這社會上就抬不起頭來了。」

孟森笑笑說：「對啊，哪個女人會公佈自己的裸照啊，除非她活膩了。也就是您才吃她這一套，碰到我她就沒轍了。不過，我也擔心她一點好處都沒得到，會真的跟您來個魚死網破，所以我才讓她把錢拿走，想說讓她多少得到些補償，反正您也不在乎這點小錢是吧？」

孟副省長點頭說：「這點小錢我還花得起。」

孟森說：「這個女人拿了這筆錢，我想起碼一段時間之內，她是不會再鬧事了。」

孟副省長感激地說：「這就行了，能緩過一段時間，以後就是她再找上門來，我也有辦法對付她的。小孟啊，今天真是謝謝你了，不是你出手，我還真不知道要怎麼應付過去。」

孟森說：「省長您太客氣了。」

孟副省長說：「小孟啊，這份情我記下了，等我熬過這個時期，我會回報你的。」

北京，海川大廈，下午三點鐘。

當傅華看到打扮得十分漂亮的方晶一臉笑容的出現在他面前的時候，多少有些意外，女人的心還真是難以捉摸啊，前幾天這個女人還一副恨不得咬他兩口的樣子，今天卻又巧笑嫣然，彷彿什麼事都沒發生的樣子。

方晶看傅華發愣的樣子，笑說：「怎麼，不歡迎我來啊？」

傅華尷尬的說：「上次你那個樣子，我還以為你這輩子都不準備再跟我見面了呢？」

方晶臉紅了一下，說：「上次是我任性了點，我想漂亮的女人都有在男人面前任性一點的權利，有紳士風度的男人應該都不會怪她的，你說是吧，傅華？」

傅華笑了，說：「你這麼說我還能說什麼啊？我如果說不，豈不是沒有了紳士風度？」

方晶高興地說：「算你聰明。你不打算請我坐下來啊？」

傅華趕忙把方晶讓到沙發上，還給方晶倒了一杯水，然後問道：「你今天來找我，有什麼事啊？」

方晶笑笑說：「我是來跟你道歉的，那天我光顧著生氣，沒考慮你的處境就跟你發脾氣，是我不對。你肯原諒我嗎？」

傅華笑了笑說：「我不敢不原諒，要不然又沒風度了。」

方晶斜睨了傅華一眼，說：「別嬉皮笑臉的，我跟你說正經的。」

傅華說：「好了，你也別這麼正經八百的，我沒生你的氣，如果你願意，我們還跟以前一樣，大家還是好朋友，可以了吧？」

方晶說：「你不生氣就好。這件事我想了想，才意識到你是官場中人，有很多的忌諱，你不肯接受我也是情有可原的。」

傅華愣了一下，不明白方晶爲什麼這麼說，他看了看方晶，小心的問道：「方晶，你這麼說是什麼意思啊？」

方晶一副很了解的樣子說：「在我面前你就別裝了，傅華。莫克是你的頂頭上級，你知道他喜歡我，你就不敢來碰我了，怕惹惱了莫克，對不對？」

傅華沒想到方晶會把他的拒絕當做是因爲顧忌莫克的緣故，方晶可是誤會他了，他根本就沒把莫克放在眼中，如果他真的喜歡方晶，是不會顧慮莫克也喜歡方晶的。

傅華還在琢磨該如何回答方晶，方晶卻把他的遲疑當做是被說中了心事，說：「你這個傻瓜，我是自由的，根本就不屬於莫克，只要我們相互喜歡，根本就不用去怕什麼莫克的。」

傅華趕忙說道：「不是的，方晶……」

方晶打斷傅華的話，說：「行了，你不用解釋了，你以爲我不知道官場上的男人都是什麼樣子的嗎？傅華，你有這方面的顧慮也很好辦啊，我跟你發誓，你如果肯跟我在一起，我一個字都不會跟外人講，保證莫克聽不到絲毫風聲，這下總可以了吧？」

看方晶根本就不讓他解釋，只是在自說自話，一味的認爲他一定會接受她的愛，這讓傅華有點哭笑不得的感覺。

他看著方晶，心裏捉摸著要如何跟方晶把話說清楚，才不會再次激怒她。

方晶看傅華只是看著她，一句話都不說，笑了說：「傅華，你別不說話啊，你就拿出勇氣來，不要顧慮那麼多，什麼莫克，什麼市委書記啊，都讓他們滾一邊去，你就接受我的愛好不好？」

傅華只好正色說：「方晶，我在你心目中，是那種把領導敬畏成什麼樣的人嗎？」

方晶被問住了，傅華確實不像是那種事事唯上級是從的人，他在莫克和金達面前都是不卑不亢，那麼她的理解是錯的了？

方晶本以爲今天一定能跟傅華有一個好的開始，她的興頭一下子就被打擊得七零八落了。

傅華說：「方晶，我很感激你這麼看得起我，但是我不是那種可以把自己分成兩半的那種人，我無法跟我老婆在一起的同時，同時跟你做情人，你們兩個之中，我只能選擇一個，所以很抱歉，我不能接受你的情意。」

儘管傅華把話說的儘量委婉了，但是方晶臉色還是一片慘白，她不可置信地說：「傅華，我都已經這樣求你了，你爲什麼就不能給我個機會呢？」

傅華苦笑說：「方晶，在我看來，你應該是那種做什麼事情都很果斷的女人，你應該很清楚我們是不可能在一起的，既然這樣，你爲什麼不選擇放手呢？」

方晶叫道：「如果我能放手早就放手了，你是這幾年來唯一闖進我心中的男人，你讓我覺得可以在你身邊做一個幸福的小女人，可是你卻連這樣的機會都不肯給我。」

傅華說：「我做事向來光明磊落，要就光明正大的在一起，這種地下情人的事，我是不會做的。」

方晶臉色變得越發難看了，她衝傅華點了點頭，說：「傅華，你終於把心中的話說了出來，說到底，你還是對我做過林鈞的情人這段事耿耿於懷啊。」

傅華沒想到他一時順口說出的話又傷到了方晶心中的最痛，趕忙解釋說：「方晶，我不是這個意思，你聽我說……」

方晶氣急敗壞地說：「你不用假惺惺的解釋了，是啊，我是有這麼一段歷史，而且我還以這段歷史爲傲。在我心中，林鈞是個敢愛敢恨的男子漢，他喜歡我，就跟我在一起，比你這種明明心中喜歡我卻裝正人君子不敢接受我的僞君子，不知道要強上多少倍呢。今天算是我自討沒趣了，再見了。」

傅華還想辯解，說：「方晶，我真的沒那個意思啊。」

方晶卻根本就不理會他，站起來摔門而去。

傅華無奈地搖搖頭，心說這都是什麼啊，明明自己不想傷害方晶，卻還是揭到了她的傷疤上去，自己的嘴怎麼這麼笨呢。估計方晶再也不會到駐京辦來了。

東海省委，呂紀辦公室。

莫克在下了一番功夫熟悉雲泰公路的資料之後，約了呂紀彙報。

見面後，莫克把雲泰公路整個規劃的設想以及能給海川市帶來的好處，向呂紀做了詳盡的彙報。呂紀聽得很認真，不時還提出詢問。莫克看呂紀這麼重視，心中十分高興，他知道這次的做法算是摸準了呂紀的脈搏了。

果然，聽完莫克的彙報，呂紀滿意地點了點頭，說：「這才對嘛，就應該去抓這些能夠影響全局的事，你總算知道你這個市委書記應該做些什麼了。」

莫克尷尬的笑了笑，說：「呂書記，以前是我做事沒經驗，這次剛剛摸著了一些門道。呂書記，您會支持我們海川開展這項工作的吧？」

呂紀巴不得莫克能夠趕快做出點像樣的政績出來，於是說：「當然啦，既然是對海川經濟發展的好事，我當然支持了。」

莫克陪笑著說：「那您是不是幫我們海川市跟省發改委打打招呼，讓他們早點把這個項目給批下來啊？」

呂紀說：「這個項目我會幫你們打招呼的，不過，你的預算資金將近二十億，光靠省裏恐怕很難解決，所以你不能把目光都放在省這邊，最好是能跑跑北京，爭取一些國家的扶持資金，然後省裏也配合一下，市裏面再自己解決一部分，問題解決起來就容易多了。你明白我的意思嗎？」

莫克點點頭說：「我明白您的意思了，您是讓我們海川市多條腿走路，切實解決海川雲泰公路項目。」

呂紀笑笑說：「我就是這個意思，北京方面，可以去找找一些東海省的老領導，像以前的省委書記程遠、郭奎，這都是在東海工作多年的老同志，在北京有很大的影響力，你找他們，他們應該都會幫忙的。還有，你們海川也是有些德高望重的老革命在北京，你也可以找找他們，我想他們也會對家鄉的建設盡一份力的。」

莫克點頭說：「行，我會儘快安排跑一趟北京的。」

呂紀語重心長地說：「你努力爭取吧，我希望能看到你做出一番成績來。」

莫克被呂紀期許的目光看得有些心潮澎湃，激動地說：「呂書記，您放心，我一定會做好這件事，不辜負您的期望。」

從齊州回到海川，莫克就很急於想要把項目爭取資金的事情落實下去，就緊急召開了臨時常委會。

在會上，他講了呂紀對雲泰公路項目的支持，爲了能讓這個項目早日批下來，市裏面有必要動員一切力量爭取資金，爲此，莫克表態說他願意去北京，尋求老領導對這個項目的支持。

金達看莫克一改前幾天頹廢的樣子，興奮得像打了雞血一樣，心裏暗自好笑，看來這傢伙在呂紀那裏得到了很多的鼓勵。

金達是樂見莫克積極的去做這件事的，有事做，莫克就不會去再搞什麼像突擊調研的整人事件了。同時，雲泰公路也是老百姓期待已久的項目，如果莫克能夠解決，未嘗不是件好事。

金達就表態支持莫克，並說市政府願意全力配合莫克。莫克便提出北京之行讓孫守義陪他一起去，因爲孫守義是從北京下來的，應該在北京能找到很多的關係。

孫守義卻有點不太情願，他說：「莫書記，我陪您跑這一趟是可以，不過，您對我也不要期望太高，我原來是農業部的，與交通方面的事情搭不上邊，怕是幫不上多少忙。」

孫守義的態度明顯是對這件事不積極，莫克就有些不高興了，就說：「守義同志，你別這麼說，我們現在要發動一切關係，所以能幫上一點點的忙也是可以的。」

孫守義只好說：「那我盡力吧。」

莫克說：「再是我瞭解了一下海川市在北京的一些老領導，這些老領導我們也要拜訪一下的，特別是那個鄭老。」

金達看莫克提到了鄭老，便說道：「莫書記啊，這個鄭老還是算了吧，鄭老年紀大了，對地方上的事務已經不願意插手，我們幾次去北京想要拜訪他，他都不見的。」

莫克卻認爲見鄭老是很必要的，他想借此在呂紀面前打一場漂亮的翻身仗，因此對每一個能幫助這件事的人都不想放過。

莫克便說：「金達同志，這次情況比較特殊，我認爲找找鄭老是很有必要的，他應該會對我們伸出援手的。而且，駐京辦的傅主任不就是鄭老的孫女婿嗎，讓他幫我們安排一下應該沒問題吧？」

金達眉頭皺了一下，看來莫克事先已經做了功課，如果莫克堅持要見鄭老，等於逼著傅華出面協調，這會讓傅華陷入一個很難處理的困境中，一方面是老婆的爺爺，一方面是市裏的領導，稍有不慎，就可能兩面都不討好。

金達便說：「莫書記，情況不是您想的那麼簡單，恐怕傅主任在鄭老那兒並沒有太大的影響力。」

莫克笑說：「金達同志，你這話說的就不對了，駐京辦主任是做什麼的，不就是聯絡在京的海川市同志嗎？如果他連自家的爺爺都聯繫不上，那他這個駐京辦主任也太不稱職了吧？行了，這件事你別管了，回頭我跟傅主任談一談，我想他會瞭解市裏對這個項目的重視，從而做出應做的安排的。」

金達看莫克這麼堅持，也不好再說什麼，傅華就看他自己如何應付了。

常委會散了之後，金達就打電話給傅華，把莫克在常委會上的話轉達給傅華，然後問傅華能不能做這個安排？

傅華苦笑說：「一定要見嗎？」

金達說：「我已經幫你擋了，可是不行，莫書記堅持要這麼做。我看他這次對雲泰公路項目極爲重視，是想在這上面做出成績給海川市民看看的，我看你還是安排一下吧。」

傅華說：「我也知道這個項目對海川市很重要，可是爺爺最近病了一場，剛剛才康復，奶奶已經很嚴厲的跟家裏人講，不要再帶人回去打攪爺爺的休養。趕在這個時間點上，我真是不好說什麼。」

金達說：「你還是儘量安排一下吧，莫克這個人很記仇，這件事又對他這麼重要，如果你掃了他的興，我怕他會找你麻煩的。」

傅華爲難地說：「恐怕真是不行啊，爺爺身體確實不好，如果有個什麼閃失，我可承擔不起，我總不能只顧工作不顧親情吧？再說，就是見了也沒什麼用啊，爺爺退休這麼久了，很多關係早都疏遠了，他老人家也不願意再去做跟什麼人打招呼這種事，就算爺爺給我面子見莫書記，也不能幫莫書記爭取到什麼資金的，到頭來，費了半天事還是一場空，恐怕他會更不高興吧。」

金達只好說：「傅華，爲了你好，不管怎麼樣，你還是安排看看吧，起碼給莫書記一個面子，把場面圓下來再說吧。」

晚上，傅華就和鄭莉講莫克想見爺爺的事，鄭莉立時臉就沉了下來，說：「不行，爺爺大病初癒，這時候不能讓外人去打攪他。」

傅華皺著眉，面帶難色地說：「能不能儘量安排見一下，他畢竟是市委書記，這個面子我還是需要顧的。」

鄭莉不高興的看著傅華說：「老公啊，你不能總把爺爺抬出來吧？如果你的位置需要爺爺出面才能護得住，那我勸你這個駐京辦主任就不要做了，因爲爺爺不可能護你一輩子的。」

傅華被鄭莉說得有點慚愧，笑笑說：「好了，你別生氣了，我告訴莫克，爺爺不見他就是了。」

第二天上午，傅華接到莫克的電話，莫克在電話裏就交代了他要到北京來爭取資金，要傅華事先做好準備，跟一些老領導打打招呼，他到北京來會去專程拜訪這些人。

莫克又說：「特別是那個鄭老，那是我們海川出去的老革命，在北京影響力很大，這次我一定要見見他，他是你老婆的爺爺，你可要做好安排啊。」

傅華很爲難，昨晚鄭莉才用強硬的口吻拒絕了他，他只好硬著頭皮說：「莫書記，鄭老我恐怕很難安排。他早就閉門不見外客了，前不久又大病一場，目前正在休養，恐怕真的不能跟您見面。」

莫克愣了一下，他沒想到傅華會開口拒絕，只是見個面，這是很簡單的一件事，按理說，這個順水人情誰都會做的，他怎麼卻拒絕了呢？

莫克心中懷疑一定是昨天常委會之後，金達給傅華打過招呼了，不讓傅華安排鄭老見他，傅華才會拒絕。莫克心中就有幾分惱火，金達這不是拆他的台嗎？是不是他擔心雲泰公路項目做好了會影響到他啊？

他便笑笑說：「傅主任啊，鄭老這幾年不見外客我知道，只是這次情況比較特殊，你也知道，雲泰公路項目是我們海川市的一塊心病，幾任市領導都想解決這個問題，最終都沒能做到。這次市裏是下了大決心，非解決這個問題不可。所以我個人拜託你，幫我安排一下，讓我見見鄭老吧？」

莫克爲了辦好雲泰公路項目，不惜低聲下氣地去求傅華，心想這下他總不會再有托辭了，沒想到傅華卻仍是說：「莫書記，對不起啊，鄭老的身體狀況真的不允許。再說鄭老現在早已不問世事了，就算您見了他，也不會對雲泰公路項目有什麼幫助的。」

莫克見傅華還是拒絕他，差點氣炸了，心說我一個市委書記都這麼求你了，你還想怎樣啊？

莫克把心中的火氣壓了壓，說：「那我就去看看鄭老總可以了吧？」

莫克都退讓到這一步了，卻聽傅華說：「對不起莫書記，我不能答應您。」

莫克再也壓不住滿腔怒火，叫道：「傅華，你這是什麼意思啊？你可別忘了你的職務是什麼，一個駐京辦主任不就是溝通這些關係的嗎？我告訴你，你必須想辦法給我安排好，否則別怪我處分你。」

莫克說完，也不聽傅華講什麼，就掛了電話。

傅華拿著電話發著愣，莫克竟然會拿處分威脅他。不過，傅華心裏反而感覺輕鬆許多。原本他還有些過意不去，但是既然莫克用這種語氣要脅他，他就沒什麼不好意思了，相反，他還想看看莫克究竟能怎麼處分他呢。

直到莫克和孫守義飛到北京，莫克也沒再給傅華打電話談見鄭老的事，他想給傅華施加無形的壓力，迫使傅華屈服。

傅華到機場接了莫克和孫守義，莫克看到他，只是冷冷的點了點頭，沒說什麼。傅華知道莫克還在生他的氣，只好尷尬的笑了笑。

孫守義很是看不慣莫克的作派，覺得莫克這麼做顯得心眼太小，便拍了拍傅華的肩膀，說：「辛苦了傅華。」

有了孫守義的緩衝，傅華這才自然一些，問候了孫守義。

一行人上了車，先把莫克送到海川大廈住下。安排好莫克之後，傅華又去送孫守義回家。

在車上，孫守義勸說：「傅華啊，你別管莫書記的態度了，這次他是想借雲泰公路項目在呂紀書記面前打個翻身仗，所以對這件事看得很重。」

傅華苦笑著說：「我也知道，但是我真的無法安排莫書記見鄭老。我雖然是鄭老的孫女婿，但是有些事也不是我說什麼就是什麼的。」

孫守義笑笑說：「我知道，行了，你也別太在意，他就是對你要要態度就是了，你就安排莫書記的其他行程就是了，不要管鄭老這件事了。」

當天晚上，孫守義跑去見了趙老，把莫克這次來北京的事跟趙老作了彙報。

孫守義說：「莫克帶我進京的意思，是想看看我是否能幫他爭取資金，這傢伙十分看重這個項目，只要是有機會他都不想放過。老爺子，您看我該怎麼做啊？」

趙老笑了笑說：「我想了一下，就算我出面幫莫克爭取到資金，對你目前的狀況來說，也不會有什麼太大的改善，只會讓莫克對你有點好感罷了。這種出大力卻只能達到一點小效果的事，我看還是不要去做了。」

孫守義說：「那老爺子您的意思是？」

趙老說：「我的意思很簡單，小忙我們可以幫，大忙就不必了。你呢，可以動員你自己的人脈，儘量協助莫克，讓他覺得你盡了力了，這樣子起碼不會得罪他。」

孫守義笑了，說：「我明白您的意思了。」

趙老又說：「這次莫克打算都見些什麼人啊？」

孫守義說：「他準備見程遠和郭奎，還有鄭老。不過鄭老不太可能見他。您知道，鄭老的孫女婿在我們駐京辦做主任，莫克想讓他幫忙安排見鄭老，卻被他拒絕了。」

趙老說：「鄭老已經很長時間沒公開露面，算是淡出政治舞臺了，就算莫克見到他，也沒什麼用。程遠跟莫克也沒什麼聯繫，唯一可能幫他的是郭奎，不過郭奎目前的職位很微妙，人大常委會的副秘書長，可以說是養老的位子，應該也不會參與。所以我估計這次莫克來北京的收穫不會太大，甚至有可能無功而返。」

孫守義笑說：「如果是這樣的話，莫克這次算是面子丟大了，來北京前，他把聲勢弄得挺大，如果爭取不到資金，他怕是很難交代的。」

趙老批評說：「這是他經驗不足，這種事本來是應該做了再說，誰讓他事先就嚷嚷了出去？就算丟了面子，也是他自己活該。」

孫守義說：「他可不會認爲自己是活該，一定會爲這次的失敗找個替罪羔羊的，這次傅華可能要倒楣了。」

趙老說：「小佳跟我聊過他，我覺得莫克聰明的話，最好是不要去惹他，這個人的背景很深，不是莫克這種三腳貓可以惹得起的。」

孫守義笑說：「問題是莫克實在是不聰明的，你不知道他當了海川市委書記之後做的那些事情，說起來都笑死人。」

孫守義就講了莫克到海川之後的作爲，把趙老也逗得笑了起來。

第二天，孫守義陪同莫克去拜訪程遠，程遠已經退休在家，雖然給莫克面子見了見，但是推說他賦閒已久，影響有限，雖然有心相助，卻是有心無力，只好抱歉了。

從程遠那裏出來，兩人又去拜訪了郭奎。

郭奎倒是很熱情，聽完莫克的彙報，點頭說雲泰公路項目是件好事，他很支持，一定會幫忙跟有關方面打打招呼的。

莫克心中有些失望，郭奎這麼說是口惠而實不至，打打招呼可能就是說說而已，有沒有實質性的幫助就很難說了。

這一天，兩個重要的人物拜訪完，莫克卻是一無所獲。

在回去的路上，莫克便對孫守義說：「守義同志啊，看來事情不是像我原先估計的那麼容易，你那邊有什麼關係可以幫得上忙的嗎？」

莫克絕口不提要去見鄭老的事，因爲他不想再遭到傅華的拒絕，尤其是當著孫守義的面被拒絕。

孫守義說：「有些關係是可以找一下，發改委那邊我有幾個朋友，也可以找一找。」

莫克說：「那明天我們去看看吧。」

於是在次日，孫守義帶著莫克去見了幾個朋友。

這些人見到孫守義很熱情，但這些朋友的熱情僅限於跟孫守義的友誼，提到雲泰公路項目後，便開始顧左右而言他了。

莫克注意到孫守義的這些朋友，級別都不是很高，無法對雲泰公路項目起到決定性的作用。因此雖然孫守義表現的很熱心，但他的這些朋友找了跟沒找一樣，對莫克沒什麼用。

第三天，莫克和孫守義分頭活動，莫克約了馬睿，希望馬睿能夠幫他爭取一下資金。

馬睿上午有活動，不方便跟莫克見面，就約中午宴請莫克。

莫克因爲私心裏想見方晶，就提出說：「要不要約方晶一起啊？」

馬睿遲疑了一下，他跟方晶也好久沒見面，也很想見見她。只是上次他約她見面被拒絕，這次再約她，會不會再被拒絕呢？便笑了笑說：「也可以啊，只是我上午很忙，沒時間約她，你來約吧。」

臨近中午的時候，莫克就撥電話給方晶。

方晶接了電話，慵懶的說：「老領導啊，怎麼這麼早給我打電話？」

莫克說：「這還早啊，快中午了。」

方晶笑笑說：「我上午通常都是在睡覺的。找我有什麼事嗎？」

莫克說：「我現在人在北京呢，早上我跟馬副部長通了個電話，約了中午一起吃飯，想說你也是江北省的，看看大家能不能聚一下。」

莫克的話很有技巧，說得好像是馬睿提出這個邀請的。

方晶聽了說：「不然來我這裏吧，我請你們。」

莫克說：「我和馬副部長都是政府官員，被人看到出入你那裏不太好，你出來吧，馬副部長已經訂好飯店了。」

方晶說：「行啊，不過你們可要等我一會兒，我需要梳洗一下。」

一個多小時後，方晶出現在約定的飯店裏。

莫克遠遠的看著方晶婀娜多姿的走了過來，心跳都加速了，趕忙站起來，笑著說：「方晶，你真是越來越漂亮了。」

方晶心說：漂亮有什麼用！人家還不是不稀罕，只稀罕他那個長得不怎麼樣的老婆。

方晶看莫克只有一個人，便說：「怎麼，馬副部長還沒來？」

莫克點點頭說：「馬副部長在活動上，還得一會兒才能過來。」

方晶說：「是這樣啊。誒，老領導，你這次來北京是幹什麼啊？」

莫克回說：「我是想爲一個公路項目爭取點資金。」

方晶說：「爭取到了嗎？」

莫克搖搖頭，說：「我找了不少人，還沒找到能幫忙的人，就想問問馬副部長，看看他是否能幫得上忙。」

方晶笑笑說：「是這樣啊，希望你能成功。」

莫克說：「我也希望。誒，方晶，我怎麼覺得你好像有點不高興的樣子，也瘦了不少，是不是遇到什麼不順心的事了？」

方晶心說：這還不是都被那個傅華給害的！嘴上卻說：「沒有啦，我最近在減肥。」

莫克聽了說：「你還要減肥啊，你這個身材已經是增一分則肥，減一分則瘦的。」

方晶笑說：「老領導，你怎麼也說起這種風話來了？這可不像你的風格啊。」

正在此時，馬睿來了，笑說：「老莫啊，什麼風話啊？」

莫克笑說：「剛才方晶說她在減肥，我就說她的身材很好，增一分則肥，減一分則瘦。方晶就說我這話是風話。」

馬睿瞅了方晶一眼，笑了笑說：「方晶，老莫這話不算是風話，他說的很客觀。」

方晶說：「馬副部長，你怎麼也拿我開起玩笑來了？不跟你們說了。」

馬睿和莫克都笑了起來。

馬睿說：「玩笑開過了，老莫，說說你的正事吧。」

莫克說：「馬副部長啊，這次我全靠你了。」

馬睿笑說：「你還沒說是什麼事，我也不知道能不能幫上你的忙呢，你就來了這麼一句。」

莫克叫苦說：「我現在沒別的辦法，只有靠你了。」就講了他這次來北京的目的。

馬睿聽完，說：「老莫，你這個要求有點難度啊，這麼大筆的資金需要發改委審批，恐怕我也很難幫得上忙的。你沒找找東海一些在北京的領導嗎？」

莫克苦笑了一下，說：「怎麼沒找，程遠、郭奎都找了，可都沒什麼用啊，程遠根本就不沾邊，郭奎則是敷衍了我兩句，說幾句好聽的，就把我打發出來了。」

馬睿又問：「別的老領導呢？」

莫克說：「還有一個鄭老，是我們海川出來的老革命，我想找他幫忙，可是他根本就不肯見我。」

馬睿說：「這麼不給面子啊？你總是家鄉的父母官啊。」

莫克委屈地說：「豈止是這樣，說起來，鄭老的孫女婿還是我們海川的駐京辦主任呢，可是我讓他幫我安排跟鄭老見面，這傢伙卻推三阻四的，就是不肯幫我安排，真是氣死我了。」

方晶沒想到這裏面還有傅華的事，愣了一下，說：「不會吧，傅華不會這麼不尊重你吧？」

莫克冷笑一聲，說：「怎麼不會？這傢伙是金達的人，自然不想看我做出成績來，說不定金達跟他打過招呼了，不讓他幫我這個忙的。」

馬睿奇怪地說：「怎麼，你跟市長之間有矛盾啊？」

莫克嘆說：「是啊，這好像成了慣例了，市長和市委書記總是不對盤。尤其是東海省委原本屬意金達坐我這個位置的，所以我去了海川之後，他在背地裏老是給我使絆子。」

馬睿笑說：「那是你擋了人家的路了。」

莫克叫說：「我擋他什麼路了？這個市委書記又不是他家的，上面讓我做，他就得老老實實的。」

馬睿說：「老莫，看來你這個市委書記做的並不容易啊。」

莫克點點頭說：「是啊，處處受掣啊。不過他等著吧，我莫克也不是任人擺佈的，我會讓他們知道我的厲害的。」

馬睿說：「是啊，畢竟你才是市委書記，你可以動用很多資源來對付他們。就像這個駐京辦主任，一個芝麻大的官，也敢給你添亂，這樣怎麼行啊？如果你不做點什麼，你在海川還有威信可言嗎？以後誰還服你領導啊？」

莫克點點頭說：「對啊，這傢伙是該教訓他一下。」

方晶在一旁聽兩人把矛頭對準傅華，只能在心中暗自著急，不能幫傅華說什麼。

莫克這時對方晶說：「方晶，你在北京也要幫我多留意一下這個傅華，如果知道他有什麼不檢點的行爲，一定要通知我，就當幫幫我這個老領導了。」

方晶雖然被傅華拒絕，但是心中還是喜歡著傅華，並不想借莫克的手教訓傅華。心說：你拿我當什麼啊？間諜嗎？這種話你也說得出口?!

方晶便笑了笑說：「不好意思啊，老領導，在北京我還有一家企業要管理，可沒閒工夫幫你看著他。」

莫克就有點尷尬，乾笑說：「我是說如果你聽到這方面的消息的話，跟我說一聲。」

方晶看莫克還不知趣，就冷冷地說：「恐怕要讓你失望了，我可不是那種四處打聽人家八卦的人。」

方晶一再的拒絕莫克，讓莫克十分下不來台，場面就有些尷尬。

馬睿趕忙打圓場說：「方晶啊，你這人就是這樣子，一點情面都不給人留。老莫好不容易來一趟北京，你怎麼這麼讓他下不來台啊？」

方晶也覺得她對莫克是有點過分了，便笑了笑說：「對不起啊，老領導，我這個人性子就是有點直，你別見怪啊。」

莫克說：「沒事，沒事。」

馬睿笑笑說：「好了，我們不說這些了，喝酒，喝酒。」

三人就各喝了一口酒，這才將尷尬的場面掩飾了過去。

酒宴結束後，方晶就回鼎福俱樂部，馬睿則帶著莫克去見他的朋友。

方晶到辦公室之後，越想越爲傅華擔心，不知道莫克會對傅華做些什麼，她要不要打電話告訴傅華呢？

方晶心裏猶豫了一下，還是抓起了電話，就算讓傅華誤會，她也要提醒他的，她不能看著莫克可能傷害傅華而不管。

傅華過了好一會兒才接通，方晶說：「傅華，我還以爲你不接我的電話了呢？」

傅華笑笑說：「怎麼會，我們還是朋友嘛。」

方晶苦笑了一下，說：「是啊，我們還是朋友。」

傅華問：「你找我有事嗎？」

方晶說：「我今天見到莫克了，聽說他想讓你幫忙安排去見鄭老，你卻不肯答應，有這麼回事吧？」

傅華說：「是啊，有這麼回事。」

方晶說：「莫克對這件事很不高興，甚至認爲你是幫著金市長在對付他。傅華啊，其實這也就是一個順水人情的事，你安排莫克見鄭老，把場面圓下來，大家面子上都過得去就行了。至於鄭老願不願意幫莫克，那是鄭老跟莫克的事，你可以不管的嘛。」

傅華聽了，忍不住問道：「方晶，你不會是想幫莫克做說客吧？」

方晶不高興了，說：「我幫莫克做什麼說客啊？他有這個資格嗎？我是今天聽莫克跟馬睿說起這件事，馬睿說，如果不給你一點教訓，莫克在海川就沒什麼威信可言了，莫克就被激怒了，說一定會想辦法對付你的。我是在爲你擔心，所以才打這個電話。你卻說我幫莫克做什麼說客，我真是好心賺了個驢肝肺。」

傅華趕忙說：「對不起，是我誤會了，你別生氣。」

方晶埋怨說：「你對不起我的地方多了，我生氣還生不過來呢。不過傅華，你還是想辦法安排莫克見見鄭老吧，何必在這些小地方跟莫克爲難呢？」

傅華無奈地說：「我也不想爲難他，可是鄭老大病初癒，家裏人已經明確說不要帶外人去打攪他，這時候我怎麼帶莫克去見他啊？」

方晶聽了說：「是你老婆不肯吧？我看你這個孫女婿不好做吧？」

傅華說：「不是的，爺爺他確實不適合見客。」

方晶嗤了聲說：「什麼不適合見客啊，這又不需要他做什麼，躺著見都可以的。肯定是你老婆發話了，不准你答應，所以你才不得不拒絕莫克。」

傅華笑說：「好了，你別瞎猜了，反正這個會面我是不能安排的。」

方晶說：「那你以後可要小心些了，這次你掃了莫克的面子，他一定會找你的麻煩的，其實這真是不必要的……」

傅華知道方晶想說什麼，方晶是想把責任怪到鄭莉身上。傅華不想讓方晶繼續說下去了，便說：「好了，方晶，別說了，謝謝你了。」

方晶無奈地說：「知道你有難處了，以後自己小心吧。」

傅華說聲謝謝，就掛了電話。

掛上電話後，傅華心裏有些彆扭，雖然他剛才沒有附和方晶的說法，但是這不代表他心裏就一點不怪鄭莉。在這件事上，鄭莉的態度確實讓他很難做人。

也難怪莫克生氣，在莫克想爭取資金的關鍵時刻，作爲鄭老的孫女婿，無論於公於私，安排會面都是應該的。但是鄭莉的堅持讓他無法行動，這不但讓他工作上陷入難堪的境地，也讓人知道他在鄭家是沒什麼地位的。

方晶說的不錯，像鄭家這種門第的孫女婿，確實是不好做的。

請續看《官商鬥法》II 10 風雲大變幻

官商鬥法 II 九 葫蘆裏的藥

作者：姜遠方
發行人：陳曉林
出版所：風雲時代出版股份有限公司
地址：105台北市民生東路五段178號7樓之3
風雲書網：http://www.eastbooks.com.tw
官方部落格：http://eastbooks.pixnet.net/blog
Facebook：http://www.facebook.com/h7560949
信箱：h7560949@ms15.hinet.net
郵撥帳號：12043291
服務專線：(02)27560949
傳真專線：(02)27653799
執行主編：朱墨菲
美術編輯：風雲時代編輯小組

法律顧問：永然法律事務所 李永然律師
　　　　　北辰著作權事務所 蕭雄淋律師

版權授權：蔡雷平
初版日期：2016年7月
初版二刷：2016年7月20日
ISBN ：978-986-352-298-0

總 經 銷：成信文化事業股份有限公司
地　　址：新北市新店區中正路四維巷二弄2號4樓
電　　話：(02)2219-2080

行政院新聞局局版台業字第3595號 營利事業統一編號22759935

定價 ：280元　　特惠價 ：199 元

國家圖書館出版品預行編目資料

官商鬥法 II / 姜遠方 著. -- 初版. -- 臺北市：
風雲時代，2016.01 -- 冊；公分

ISBN 978-986-352-298-0（第9冊；平裝）

857.7　　　　　　　　　104027995

天下沒有治不好的病
首部揭秘古老秘方的神奇治療小説
金針度穴、內氣凝針、燈蒸療法等古代神奇治療手法，一次展現
當代神醫
笑論語◎著
之一 金針續命
之二 杏林國手
王志，因為一場意外回到了古代，
結識了扁鵲、張仲景、華佗、孫思邈和李時珍。
這場離奇的夢中遭遇，讓他積累了千年高超醫術，
當他回到現實，憑借超群醫術和完美醫德救死扶傷……
最終揚名天下，成為現今的 當代神醫！

繼《獵財筆記》後，又一富豪的現代傳奇！
首部揭秘投資行業運行內幕的致富小說
網路百萬讀者追看推薦，點擊率居高不下！
財神門徒
劉晉成 著
目炫神迷的金錢遊戲，讓人心跳指數攀升爆表
「財神御令」號令八方
誰得到手‧誰就是當今財神門徒
全套共18冊 單冊199元
轟動出版